ツキノネ

乾緑郎

ROKURO INUI

祥伝社

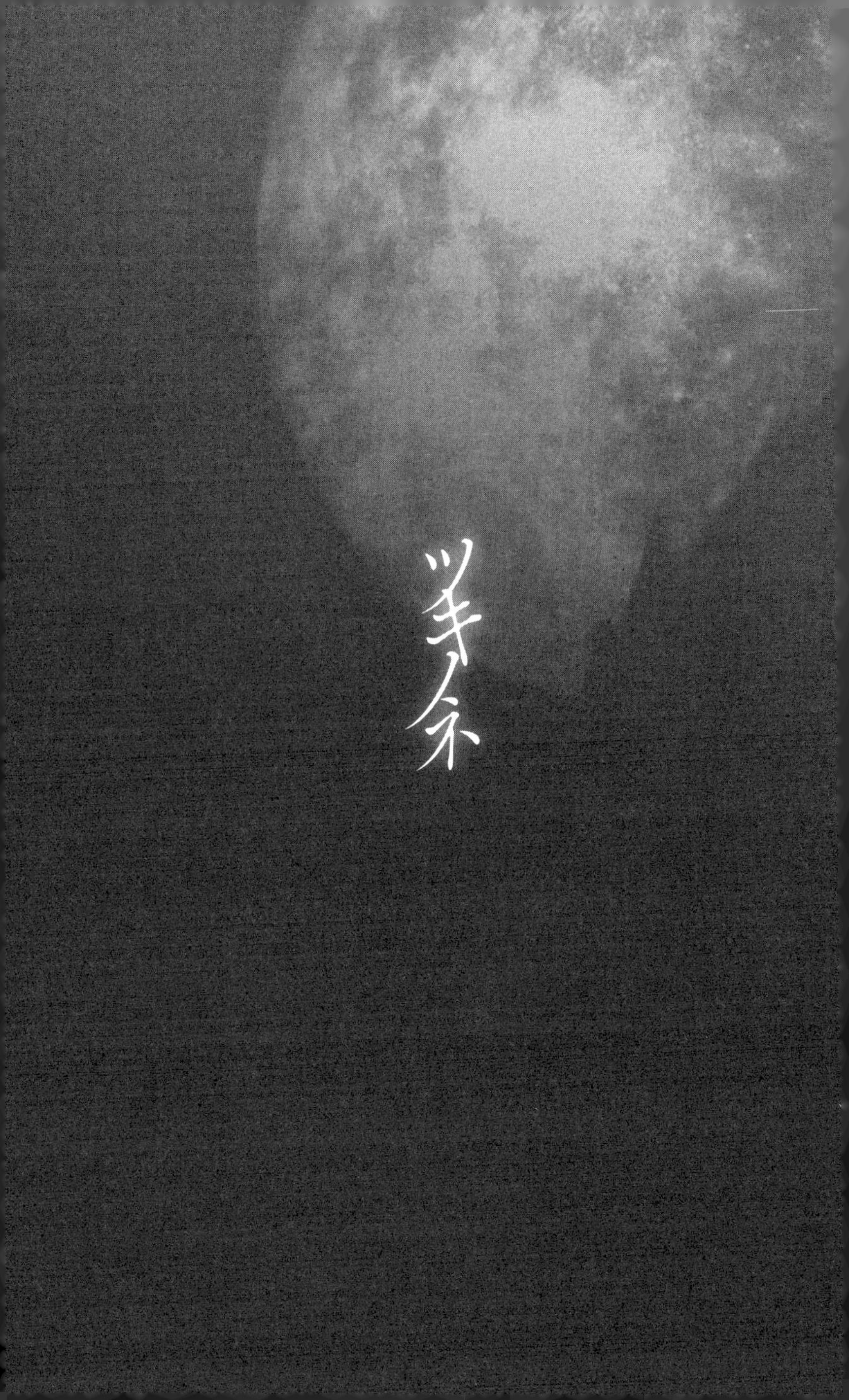
ツキノネ

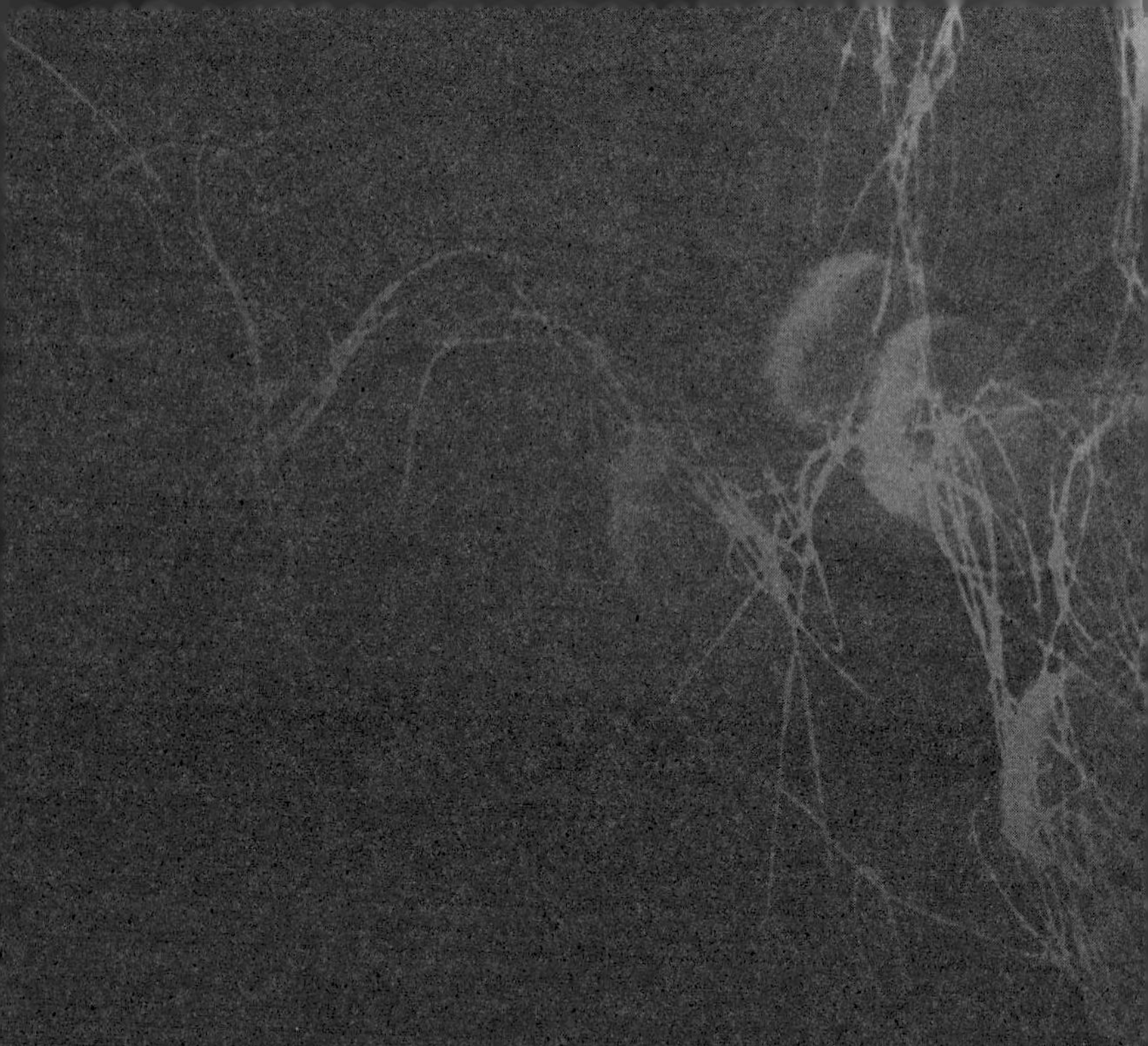

装画　青依青

装幀　坂野公一＋吉田友美 (welle design)

1

——君は僕と同じだ。

自宅から二時間以上かけて漕《こ》いできた自転車を、新興住宅街の一角に建つ一軒家の前に停めると、日高勇気《ひだかゆうき》はスレート葺《ぶ》きの屋根を見上げた。

もう何日も周辺の下調べを続けてきた。きっと「ツキノネ」の元に辿《たど》り着いたのは、僕が最初だ。

ヘッドライトのように頭に装着したウェアラブル・カメラの位置を直し、日高はスマートホンを取り出すと、カメラアプリとのペアリングを確認した。

ブルートゥースでワイヤレス接続されたスマホの画面に、カメラの映像が映し出される。

よし、大丈夫だ。バッテリーとメモリの残量も十分。

これから起こる惨劇の一部始終を、余すところなく配信することができる。

動画サイトにアップしたら、あっという間にアカウントごと削除《バン》されてしまうかもしれないが、一度でもネットに流れた動画は、必ず何らかの形で残る。自分がツキノネを助け出したという証拠が残れば、それで良かった。

ふと思い付いて、日高はスマホの画面を操作し、動画サイトの専用アプリから、「ツキノネちゃんねる」を呼び出す。

つい一時間ほど前に、新しい動画がアップされていた。長さは五分程度のようだ。

ツキノネは、いわゆる「物申す系」の動画投稿者なので、内容は固定カメラに向かって一方的に自分の考えを話しているだけのものが多い。

それ故《ゆえ》に画面から得られる手掛かりが少なく、ツキノネの自宅や本人を特定した者は、今のところ誰もいなかった。

ピンク色のジャージを着たツキノネが、今日もあれこれと画面に向かって語っている。

彼女の話題は広範に亘《わた》っていた。政治や経済の動向の他、災害などの予言も多く、それがあまりにもよく当たるので、最近はネットの中だけでなく、スポーツ新聞などでも取り上げられ、人気配信者として、このところ急に認知度が上がっていた。

長い黒髪に、顔の下半分は大きなマスクを着けている。猫のように大きな目でカメラをじっと見つめているが、その瞳はどこか焦点が合っていなかった。抑揚《よくよう》の少ない、まるで謡曲でも唸《うな》っているかのような口調でツキノネは話している。その声は、耳の中に入り込み脳の表面を引っ掻《か》くような妙なリズムがあった。

年齢は、ぱっと見では十歳から十二歳くらいだろうか。

だが、実はけっこうな年なんじゃないかという説もある。

ツキノネは、稀《まれ》に自分について少しだけ語ることがある。ずっと家に引き籠《こ》もっていて、学校にも行っていない。小学校にも通ったことがないと言っていた。

老夫婦と一緒に住んでいるが、血は繋《つな》がっていない。パソコンの扱いは独学で覚えた。外には出してくれないが、老夫婦は求めれば何でも買い与えてくれる。

もう何年も廃人レベルでネットゲームばかりやっていたが、それにも飽きて、退屈しのぎに動画配信を始めた。老夫婦はパソコンには疎《うと》いから、自分が部屋でこんな形で外部と繋《つな》がっているとは気がついていないようだ……。

ツキノネちゃん、今からそこに行くよ。

コメント欄《らん》にそう書き込むと、日高は再びカメラアプリを呼び出して操作し、録画を開始する。

――ずっとずっと、遠い昔からこうなのです。

以前の配信で、ツキノネはそう言っていた。

――暗いところに閉じ込められて、いろいろといやらしいことをされて、私は一人きりだった。

よくあるメンヘラ配信者の戯《ざ》れ言《ごと》と受け取る者の方が多かったが、信者ともいうべき一部の熱狂的な「ツキノネ」のファンの間では、住所を特定して救い出そうとか、虐待《ぎゃくたい》の疑いがあるから警察か児童相談所に通報しようという動きがあった。だが、日高の知っている限り、自らリスクを背負ってまでツキノネの居場所を突き止めようとした者はいない。

――誰か、ここから連れ出してくれないかなあ。

わかっているさ。

誰にともなく日高は一人で呟《つぶや》いた。

画面から語り掛けてくるツキノネは、まるで日高に個人的に話し掛けてきているように錯覚させることがあった。そう感じているのは、おそらく日高だけではない。

ツキノネの本名は知らないが、彼女がいると思《おぼ》しき家の表札は「折原《おりはら》」となっていた。住んでいるのが、齢《よわい》八十に手が届こうかという老夫婦であることは、何度もこの辺りに来て突き止めている。

迷彩柄のズボンのベルトに挟《はさ》んだケースから、日高はサバイバルナイフを抜いた。

突撃だ。そう思い、大きく深呼吸すると、日高は一軒家のインターホンを押した。見たところ、モニター付きではないようだ。

「どちら様ですか」

インターホンのスピーカーから声が聞こえる。女性の声だがツキノネではない。高齢の女性のものだ。

「宅配便です」

日高は予《あらかじ》め考えておいた嘘《うそ》をついた。詳しく届け物の内容を聞き返すこともなく、玄関ドアの向こう側に、ごそごそと人の気配がした。

解錠の音がしてドアが開く。油断しているのか、ドアガードを使用している様子もない。

顔を見せたのは老婆だった。下調べの際に、この老婆の姿は何度か見かけている。

日高の姿を見て、老婆は訝《いぶか》しげな表情を浮かべた。宅配便だと名乗ったのにトラックも停まっておらず、日高は制服姿でもなかった。

老婆の体を押すようにして、日高は玄関内に押し入る。声を上げようとする老婆の首筋に、素早く手にしているナイフを突き立てた。

サクッとした感触とともに、ブレードが根元近くまで入り込む。

「どうした。何の音だ」

廊下の先にある、リビングに続いていると思われるガラスの嵌《は》められたドアの向こうから声がした。

ナイフを引き抜くと、頸動脈《けいどうみゃく》を切断したのか、一気に血が噴き出して、靴箱の上に置かれた花瓶《かびん》や、玄関に敷かれた足拭《あしふ》きマットの上に飛び散った。そのまま老婆は玄関の土間の上にくずおれる。

少し返り血を浴びてしまった。やはり上からレインコートを羽織《はお》っておくべきだったか。

土足のまま上がり込むと、早足で廊下を進み、日高は声が聞こえた部屋のドアを開いた。

そこで、ちょうどリビングから出てこようとしていた老人と、鉢合《はちあ》わせするような感じで対峙《たいじ》した。顔には汚らしい老人斑。本命だ。

「ツキノネにいやらしいことをしていたってのは、お前か」

返り血を浴《あ》び、手にナイフを握った日高の姿を見て、咄嗟《とっさ》に何が起こったのかを察したのか、老人は背を向けて逃げようとした。

日高は老人の背中を強く蹴《け》って倒す。その拍子に、老人はリビングに置いてあった飾り棚に摑《つか》まり、それが倒れてガラスの扉が派手な音を立てて割れた。

思わず日高は舌打ちする。なるべく物音や悲鳴を上げさせずに片付けたかったが、これでは近隣の誰かが不審に思って通報してしまうかもしれない。

倒れた時に割れたガラス片の上に手を突いたのか、老人はざっくりと手の平を切っていた。だが、痛みを感じる暇もないのか、そのまま這《は》って逃げようとする。

「だ、誰か……」

老人が声を上げようとしたので、日高は安全靴を履《は》いている足の爪先で、老人の顔を蹴った。爪先がうまく口に入り、前歯の折れる感触があった。

のたうち回る老人の背中を踏みつけて動きを封じ、心臓があるだろうと思しき位置をめがけて、背中からナイフを何度か突き立てる。

だが、老人の着ているスウェットの素材が厚く、上手《うま》く刺さらなかった。これ以上、返り血を浴びたくなかったので、今度は後頭部や頭頂部にナイフを突き立ててみたが、これはこれで頭蓋《ずがい》骨《こつ》が硬くて上手く脳まで貫通しなかった。

仕方なく日高は俯《うつぶ》せになっている老人の薄くなっている髪の毛を摑んで顎《あご》を上げさせると、背後から喉《のど》を掻き切った。

「あなた……あなた……」

やっと片付いたと思い、痙攣《けいれん》している老人の体から離れて日高が立ち上がると、先ほどの老婆がよろよろとした足取りで、リビングのドアのノブに摑まるようにしながら部屋に入ってきた。

己の血で、体の左半分が真っ赤に染まっている。まだ死んでいなかったのか。

「苛《いじ》めってのはさ、見て見ぬふりしていたやつも同罪なんだぜ。子供の頃に先生から習わなかった？」

朦朧《もうろう》としている様子の老婆に向かって日高は声を掛ける。

ツキノネを部屋に閉じ込めて監禁し、足下で血の泡を吹いているこの老人が何かしているのを止めなかったのなら、この老婆も同罪だ。死んでいい。

「ツキノネは二階か？」

「何であなたが……そのことを……」

老婆が微《かす》かに驚きの表情を浮かべる。その名前に老婆が反応したということは、やはりこの家にツキノネがいるということだ。

「みんな知っているさ。チャンネル登録者数五万人超えの、ちょっとした有名人なんだぜ、彼女はさ」

日高が言い終わらないうちに、老婆は力尽きたのか、体重を預けていたドアノブから手を離し、床の上に倒れた。

大きく深呼吸して息を整え、日高はリビングの中を見回す。テレビ台の上に載った液晶テレビでは、大画面でナイター中継を放送中だった。

ダイニングの方へと足を向け、キッチンの中に入ると、日高はひと先《ま》ず血で真っ赤に染まった手を石鹼《せっけん》で洗う。老人の血は、実際以上に不潔に感じられた。

夕飯はもう済ませたのか、コンロの上には鍋《なべ》が置いてあり、筑前煮《ちくぜんに》のようなものが微かに醬《しょう》油《ゆ》の匂いを漂《ただよ》わせている。

　廊下に戻り、日高は玄関脇から二階へと向かっている階段を上る。

　上ったところの左右に部屋があった。左側の引き戸は開け放たれており、中は和室になっているようだ。

　もう一つのドアが、おそらくは「ツキノネ」の部屋だろう。

　外からこの家を観察している時に、いつも二階のこの部屋は雨戸が閉め切られていたから、そうではないかと見当はつけていた。

　やはり、ツキノネは不当に監禁されていたのか。

　異様ともいえるドアの様子に、日高はそれを確信する。

　普通は内側から室内に取り付けるような補助鍵が、いくつも取り付けられていた。これでは座《ざ》敷牢《しきろう》も同然だ。

　日高はドアに耳を当てる。けらけらと女の子が笑う声が聞こえた。

　補助鍵は簡単には壊せそうになかったが、幸いに、ドアのすぐ横の壁にフックが取り付けてあり、そこに鍵の束《たば》がぶら下げてあった。

　一つ一つ鍵を外し、ドアノブを摑んで回すと、内側からは鍵は掛かっておらず、ドアが開いた。

　そこにいたツキノネは、それでもまだ押し入ってきた日高の存在に気づいていなかった。

　大きなヘッドホンで耳を塞《ふさ》ぎ、大音量でパソコンの画面に映ったアニメを鑑賞している。

「ツキノネ」

日高が声を掛けても、まだツキノネは気づかなかった。

「……ツキノネ」

もう一度、日高がそう声を掛けると、やっと気配でその存在に気づいたのか、ヘッドホンを付けたまま、ツキノネは不安そうな表情を浮かべてゆっくりと日高の方を見た。

ああ、本物のツキノネだ。やっと辿り着いた。

洗い晒《ざら》しのピンク色のジャージの上下。

机の周りには、スナック菓子の袋や空になったジュースのペットボトルが散乱している。

ゆっくりとツキノネはヘッドホンを取り、それを置いた。

返り血を浴び、手にナイフを握って立ち尽くしている日高の姿を見ても、あまり動じた様子はなく、唇を開いて、か細い声を上げる。

「誰ですか」

返事はせず、日高は手にしているナイフを握り直した。

2

まるで本当に、そこに町が存在しているようだ。

その水彩画を目の前にして、大塚文乃《おおつかあやの》は深く溜息《ためいき》をついた。

かなり大きな絵だ。キャプションボードには、「B０判」と書かれている。横に一・五メートル、縦に一メートルほどはあろうか。

描かれているのは、何の変哲もない田舎《いなか》町の風景だった。

狭い交差点。画面の奥に向かって舗装された道路が延びており、それを横切るように横断歩道がある。右側には民家と、学校が近くにあることを示す黄色い警戒標識。左側には「桑田《くわた》商店」と書かれた雑貨屋があって、製パン会社の縦長の赤い看板が付いており、こちらにも店名が書かれていた。

商店の前にはジュースと煙草《たばこ》の自販機が並んでおり、店先の庇《ひさし》の下にはベンチがあった。おそらく、この雑貨屋でパンや飲み物などを買った客が、腰掛けて休憩する場所だ。

画面の左奥、商店の隣はガレージになっており、白い軽トラックが停まっている。

電柱が点々と立っている道の奥には、山の稜線が見えた。おそらく、小楷《こかい》峡谷の方角だろう。

画題は『小楷分岐』とある。この絵は、最近刊行された荒木一夫《あらきかずお》の画集にも載っていたから、文乃も知っていた。

それは、今は存在しない小楷町の一角を描いた風景画だった。

描かれた風景の緻密《ちみつ》さに、文乃は再び溜息をつきそうになる。縮刷された画集ではわからなかった、商店の看板の染み、民家の壁のひび一つとっても、正確に写し取られているのかもしれないと考えると、気が遠くなるような思いだった。

展示会場内は存外に賑《にぎ》わっていた。ニュース番組の小特集で、荒木が「記憶の画家」として取り上げられた影響だろう。

東京都多摩《たま》地区にある南郷《なんごう》大学のキャンパス。その国際研修センター内では、「人間の記憶に関するシンポジウム」が開催されていた。

それに伴《ともな》い、同センター内にある展示会場で、三日間ほどの短い期間ではあるが、荒木一夫の個展のようなものが初めて開催された。

一人占めするように絵の真正面を陣取《じんど》ったまま立ち尽くしている文乃の背後で、注意を促《うなが》すような咳払《せきばら》いが聞こえた。

慌てて文乃は振り向くと、背後に立っていた総白髪《そうしらが》のスーツ姿の老人に頭を下げ、絵の前から離れた。

「あの……」

そして、入口近くに机を出している受付の男性に声を掛ける。

展示会の見学は無料だから、シンポジウムを主催する団体の関係者か、この研修センターの職員だろう。

「今日は荒木先生はこちらにはいらっしゃるのでしょうか」

三十代前半と思しきその男性は、文乃が差し出した名刺を見て訝しげな表情を浮かべる。

「……ライターさんですか？」

「はい。荒木先生とはメールでやり取りをしたことはあるのですが……」

知り合いの編集者を介して荒木の画集を出している版元に連絡先を教えてもらい、取材を申し込むメールを出し、それを断る丁寧《ていねい》な返信をもらったきりだったが、まあ嘘ではない。

「お会いする約束でも？」

「いえ、今日は個展を観にお伺いしただけなのですが、もしいらっしゃっているようなら、ご挨《あい》拶《さつ》だけでもと思いまして……」

先のニュース番組で取り上げられた際に、何か嫌なことでもあったのか、文乃からの取材依頼を断る荒木のメールの文面は頑《かたく》なだった。

そのため文乃は、今日は一般客として訪問し、せめて直接会って挨拶だけでも交わせればと思って足を運んだのだ。

「荒木さんなら、会期中に来る予定はないみたいですよ。搬出にも姿を現すかどうか」

「そうなんですか」

「ええ。仕事があるようで……」

「次の作品に取り掛かっているということですか」

「いや、あの人は画家専業ではないですからね。本業の休みが取れるかどうかわからないらしいです」

「はあ……」

よくよく考えてみれば、荒木は職業イラストレーターのように、雑誌や書籍の装画や挿絵を手掛けているわけでもない。画壇《がだん》のようなものと関わりがあるようにも思えない。正式な美術教育は受けていない筈《はず》だから、学校の美術教師や絵画教室の先生をやっているということもないだろう。

「すみません。それでしたら、荒木先生がお見えになったら、名刺だけでもお渡しいただけないでしょうか」

どうやら今日は会えないようだ。

「ああ、そういうことなら、お預かりします」

曖昧《あいまい》に男が頷《うなず》く。受付の横には画集の版元からのお祝いの花なども届けられているようだから、それらとまとめて本人に渡してはもらえるだろう。

どうやら空振りのようだったが、まあ仕方ない。

何なら数年かけてじっくりと取材するつもりでいたから、また別のアプローチの方法を考えればいい。

文乃は受付の男性に礼を言うと、もう一度ゆっくりと荒木の絵を鑑賞していくことにした。

荒木一夫のことを文乃が知ったのは、つい半年ほど前だ。

昨年の夏のこと、都心部からも程近いK県下にある小楷ダムが、連日の猛暑と雨量の不足により貯水率二十パーセントを切る過去最低の減水となった。

そのために湖底に沈んでいた町並みの一部が現れ、かつて小楷峡谷と呼ばれていた頃の道路や、川に架かっていた橋、道路標識や家屋の一部などが視認できるようになった。

どこか幻想的で哀愁《あいしゅう》に満ちたその光景をひと目見ようと、野次馬が連日押し掛けて写真を撮ったり、ニュース番組もドローンを飛ばして上空から水底の町を撮影するなど、短い間ではあったが、話題になった。

最初、文乃はそれに興味を持ったのだ。殆《ほとん》ど直感のようなもので、何か書けるのではないかと現地に足を運び、今は存在しないこの町の風景を、記憶だけを頼りに描き続けている荒木一夫という画家の存在を知ったのだ。

荒木がモチーフとしているのは、専《もっぱ》ら、小楷町の町並みと、その周辺の田園風景である。かつて小楷峡谷と呼ばれた地域に湛水《たんすい》した小楷ダムの竣工は平成十二（二〇〇〇）年。たった十九年前だから、比較的、最近の出来事だ。

その頃の文乃はまだ七歳だから、このニュースに関する詳しい記憶はなかったが、当時の新聞の縮刷版を調べたところ、意外なことを知った。

ダム本体が着工する前、周辺で大雨の影響による深層崩壊が起こり、補償交渉がまとまらずに立ち退《の》きが遅れていた、水没地域に当たる「鬼怒《きぬ》」という集落にある四世帯が土砂崩れに呑《の》み込まれ、八名の住民が亡くなるという痛ましい災害があった。

峡谷を流れる川を転流させるための仮締切や仮排水路の施工、工事用道路敷設などの付帯工事はすでに始まっており、その影響を指摘する声や、訴訟を起こす動きなどもあったようだが、工事と災害の関連は最終的には否定されたらしい。崩壊の起こった箇所は、水没予定地域ではあるもののダム本体からは離れており、セメントミルクの注入による岩盤補強を行うことで、ダムの工事は予定通り継続されることになった。これが強引な判断なのか妥当なことなのかは、文乃は専門家ではないのでわからない。

だが、問題はそんなことではなかった。被災地域の生き残りとして、当時十歳だった荒木一夫の名前を、文乃は縮刷版で見つけてしまったのだ。

荒木が小楷町の絵を描き始めたのは、ここ数年のことだという。

文乃は、展示されている絵の一つの前で足を止めた。画用紙の一片がギザギザになっているから、スケッチブックの一ページを破り取ったものだろう。

それは鉛筆で描かれた素描《そびょう》だったが、一瞬はモノクロ写真なのではないかと見間違えるほど、写実的に田園の風景が描かれていた。農道の脇にある納屋《なや》にはトラクターらしき車輛《しゃりょう》があり、驚くほど緻密に描き込まれている。

系統立った美術教育を受けておらず、本人の弁では、学校の美術の授業以外では絵筆も握ったことがなく、デッサンやクロッキーの経験もないという荒木の素描は、最初から殆ど完成されていた。

絵を描き始めたきっかけは、原因不明の高熱を発し、入院してからのことらしい。一時は錯乱《さくらん》状態に陥《おちい》るほどで、何度もてんかん様の発作を起こし、生死の境を彷徨《さまよ》うような重態の中、荒木が見ていたのは小楷町の鮮明な夢だった。

それは例えば、子供の頃の思い出とか、家族や友達と一緒に過ごした記憶とかのようなぼんやりとしたものではなく、頭の中で、失われた町がもう一度、構築され起《た》ち上がっていくような奇妙な感覚だったという。

荒木が、「記憶増進性ヒステリー」ともいうべき症状に悩まされるようになったのは、この頃からだ。

寝ても覚めても小楷町のことしか考えられない。溢《あふ》れ出る町のイメージに、脳の領域を占領《せんりょう》されたような状態で、荒木はそれをどう処理するべきかもわからなかった。

そして受診した精神科のクリニックで、医師から大学の脳神経内科学の研究室を紹介されたのだ。頭の中のイメージを絵に描くことは、治療の一環として始められた。

これらは、展示会場に来る前に聴講してきたシンポジウムで知ったことだ。

同様の症状は海外でも類例があるらしい。

有名なところでは、イタリア出身のフランコ・マニャーニという画家がいる。彼は生まれ故郷であるポンティトという町を、一九四三年にナチスの侵入によって追われた。

サンフランシスコに移住後、マニャーニは原因不明の高熱や錯乱などを伴う病気に罹《かか》り、毎日のようにポンティトの夢を見るようになった。絵筆など殆ど握ったこともなかったマニャーニは、それ以来、驚くべき正確な描写で一九四三年以前のポンティトの町を猛然と描き始めた。

荒木の主治医は、これを脳の器質的障害による症状ではないかと疑っているらしいが、あれこれと検査はしているものの、今のところ、これといった異常は見つかっていない。

荒木の絵には、もう一つ顕著《けんちょ》な特徴があった。

町の風景の中に、命あるものが一切描かれていないのだ。

そこに住んでいた住民はもちろん、家畜や、ペットとして飼われている犬、野良猫、空を飛ぶ鳥や昆虫などの類《たぐ》いも絵の中には存在しない。

片田舎の町並みや田園風景を描いているのにも拘《かか》わらず、荒木の絵に、どこか無機質で冷たい印象があるのは、そのためだ。

これについても理由は不明だ。頭に奔流《ほんりゅう》のように湧いてくるイメージを紙に写しているだけなので、荒木本人にも何故《なぜ》なのかはわからないようだ。

そんな荒木一夫の生い立ちや、神経学的な謎、過去に小楷ダムの水没予定地域で起こった深層崩壊の災害。

それらのことを取材し、ルポルタージュを書くために、文乃は来たのだ。

名刺にライターなどと印刷はしていても、実際には雑誌やウェブなどに、短い記事やどうでもいい雑文を書いているだけというのが現状だった。

大学を卒業して四年ほど経《た》つが、未だに実家からも仕送りをもらっており、それで何とか食っていけている状況だった。そろそろきちんとまとまった作品を書き、人に胸を張れるような著書を出さなければという焦《あせ》りがあった。ちょっと文章が得意で、それでお金を稼いで暮らしたいなんていう人間は、この世には掃《は》いて捨てるほどいる。

自分の直感が当てになるのかどうかすらもわからないが、荒木一夫には、何か思いも掛けないような深淵《しんえん》があるのではないかと文乃は感じていた。いや、そう信じていなければ、取材など続けられない。

展示会場を一から順に回り直し、文乃は例の『小楷分岐』の絵の前に戻ってきた。

腕時計を見ると、閉館時間まで、あと三十分といったところだった。先ほどよりも少し客の数も減ってきている。

幸い、その絵の前には先ほどとは違い、誰もいなかった。

――あれ？

妙な違和感を覚えたのは、遠目にその絵を眺めた時だった。

道の真ん中に女の子が立ち、じっとこちらを見ている。

年齢は十一歳か十二歳か、そのくらいだろうか。長い黒髪に、猫のように大きな目をしていて、ノースリーブで無地の黄ばんだワンピースを着ている。

おかしい。この絵は画集で何度となく見ている。さっき絵の前に立った時も、こんな女の子は描かれていなかった。気がつかなかったなんて筈がない。それほど、女の子は絵の中央で強い存在感を放っていた。

息を呑《の》み、文乃は絵の前まで歩いて行く。近づいても、女の子の絵は消えなかった。

もしかしたら、角度によって見えたり見えなかったりする騙《だま》し絵のような趣向になっているのではないかと思い、文乃は少し左右に動き、別の角度から女の子を見てみるが、特にそのような様子もない。

さすがに絵に直接手を触れるわけにもいかないが、女の子は確かにその平面の中に描かれていた。

受付で文乃が話している間に、同じ構図の別の絵に展示を変えたのだろうか。いや、そんなことは考えにくい。

妙な不安に駆られ、文乃は周囲を見回す。展示会場には、他にもまだ十数人の客がいた。いずれも別々の方向に飾られた絵を眺めている。一人きりでないことに安堵《あんど》し、再び絵を見て文乃は思わず声を上げそうになった。

ほんの少し絵から目を離した隙《すき》に、女の子がこちらに近づいてきている。さっきは遠近法でいうと十数メートル向こう側に立っているような感じだったものが、殆ど目の前に立っているかのような距離にいた。

そのため、女の子の顔がよく見えた。口の端を少し上げ、笑っている。

腋《わき》の下から、冷たい汗が流れ落ちるのを文乃は感じた。絵の中の女の子は、先ほどと同じく、きちんと絵の中の一部として水彩で描かれている。

こうなってしまうと、絵から目を逸《そ》らすことができなくなってしまった。

一瞬でも目を離したら、また女の子の様子が変わってしまうかもしれない。女の子は確実に近づいてきている。視線を外した隙に、この女の子に手首でも摑《つか》まれたら、もう自分はここに戻って来られなくなるのではないかという、正体不明の恐怖に駆られた。

女の子は上目遣《づか》いにこちらを見ている。その瞳が動くことはないが、どうしても目が合ってしまう。

そのまま、五分が経ったのだろうか、それとも十分か。

このままずっと絵の中の少女と見つめ合っているわけにもいかない。そのうち閉館時間になる。

「どうしました。大丈夫ですか」

ふと背後から声がした。おそらく、先ほど話した受付の男性だ。

「いえ……」

振り返って絵から視線を外すことはできなかった。

文乃は立ち尽くしたまま答える。

「ご気分が悪いのなら……」

体温がすうっと下がるような感覚があり、強い立ちくらみがあった。

そのまま文乃は倒れる。

展示会場のリノリウムの床ではなく、舗装された硬くて生温かいアスファルトの感触と匂い。

這いつくばる文乃の目の前には、女の子の履いている運動靴と白い靴下、細い臑《すね》。

顔を上げ、その細い臑より上に何があるのかを見ようとしたところで、今度こそ本当に文乃は気を失っていた。


「具合は？」

「うん。もう大丈夫……」

古河啓介《こがけいすけ》の運転する軽自動車の助手席で、文乃は小さな声で返事をした。

「わざわざ迎えに来てもらっちゃって、ごめんね」

「いや、別にこのくらいは……」

車は南郷大学のキャンパスがあった多摩地区から、都心部に向かって一般道を走っている。電話で連絡しただけなのに、わざわざ車で迎えに来てくれた古河の優しさがありがたかった。

「でも、驚いたよ。いきなり倒れたって、いったいどうしたの」

「さあ、自分でもさっぱり……」

生理中で貧血気味だったというわけでもないし、体調が悪かったわけでもない。

文乃が意識を取り戻すと、そこは大学構内にある医務室のベッドの上だった。吊《つ》り下げカーテンの向こう側にある壁掛け時計を見ると、午後六時半を指していた。倒れる少し前に腕時計を見た時は、閉館時間の三十分ほど前だったから、一時間近くもの間、横になっていたことになる。

「これで五人目らしいですよ」

様子を見に来た、あの受付にいた男性は、文乃が回復したのを見て、ほっとしたようにそう言った。

「何がですか」

まだ少し調子が戻りきらず、ベッドに横になったまま文乃は言う。

「あの絵の前で失神した人がですよ。今回の展示では、あなたが初めてですが……」

聞くと、例の『小楷分岐』という作品は、普段は小楷ダムのビジターセンター内にある郷土交流館に展示されているらしいのだが、そちらでは、すでに四人ほどが絵の鑑賞中に倒れているらしい。

最初は絵を展示している位置が高いせいで見上げるような形になり、それで眩暈《めまい》や立ちくらみが起こるのではないかと、展示方法を変えるなどして対処していたらしいが、解決しなかったようだ。

少し休んでいれば回復する程度の軽い症状ばかりだったので、今のところ問題にはなっていないが、交流館の方でも困っているということだった。

たまたま医務室に在勤していた医師の診断では、軽い貧血とのことだった。文乃は覚えていなかったが、こちらに運ばれた後、ぼんやりしながらも文乃は問診や診察に応じていたという。

ベッドで休息を取り、気分が良くなったら帰ってもいいと言われていた。予定では、シンポジウムを聴講し、展示会で荒木の絵を鑑賞した後は、新宿《しんじゅく》まで出るつもりだった。古河と会って食事をすることになっていたのだが、この様子ではやめておいた方がいいと判断し、スマホで事情を伝えてキャンセルしようとしたところ、古河が車で迎えに来てくれることになった。

「あの……」

古河が到着するまで中途半端に時間が空いてしまい、文乃は受付にいた男性に問う。

「倒れる前に、絵の中に変な女の子がいるような幻覚というか、そういう感じのものを見たんですが……」

「『小楷分岐』のことですか？　あれには女の子なんて描かれてませんよ。というよりも、荒木さんの絵に人物が描かれたものはありません」

「そうですよね……」

余計なことを言った。文乃はそう思った。

だが、同じ話を運転席でハンドルを握っている古河にもしてみる。

「絵の中に女の子がいた?」

信号待ちで車を止め、カーナビに付属したFMラジオを操作しながら古河が言う。

「うん。気のせいだとは思うんだけど……」

「荒木一夫って、最近、君が興味を持っていた画家さんだよね」

車内に小さなボリュームで音楽が流れ始める。シャンソンだろうか。

画家というのが当てはまるのかどうかはわからないが、取材相手として興味を持っているという話は古河にもしていた。

「他にも同じように絵の前で失神した人がいるって、さっき言ったよね」

「詳しくはわからないけど、そうみたい」

絵の中にいた女の子の姿は鮮烈《せんれつ》にイメージに残っていた。あれと同じような現象が、他の人にも起こったのだろうか。

「全然関係ないかもしれないけど……スタンダール症候群っていうやつかな」

「何それ」

フランスの作家のスタンダールなら名前くらいは知っているが、その名を冠した症候群となると聞いたことがない。

「そういう症状があるらしいんだ。聖堂のフレスコ画とかを見ている時に、不意に眩暈や動悸に襲われて失神してしまうっていう原因不明の症状が」

「へえ……」

とはいっても、古河もそれ以上、その症状について詳しく知っているわけではないようで、話題はそこで途切れてしまった。

信号が青に変わり、またゆっくりと車が動き出す。

「荒木一夫ご本人には会えたの」

「いなかった。名刺は置いてきたけど、展示会の関係者に迷惑を掛けちゃったから、印象悪くなったかも……」

溜息まじりに文乃は答える。

「僕に何か手伝えることがあったらいいんだけどね」

もちろん、古河にそんなことは期待していない。

古河啓介は、文乃の大学時代の先輩だった。二人とも映画サークルに入っており、文乃は脚本を書いていて、古河は自主映画の監督などをやっていた。

二人が付き合い出したのは学生の頃からなので、もう五年ほどになる。

古河は現在、児童養護施設で働いていた。サークルのみんなも、就職したり家業を継いだり結婚したりして、きちんとした社会人になっている。

静岡に住んでいる文乃の両親も、付き合っている相手や結婚の予定はないのかと、連絡する度に遠回しに仄《ほの》めかしてくるようになった。

そんな文乃に、古河がプロポーズしてきたのは、つい先々月の文乃の誕生日のことだった。古河のことは嫌いではない。優しいし、しっかりとした仕事にも就いている。他にも良いところはいっぱいあるが、結婚を考えるほど夢中になれる相手かというと微妙だった。

だが文乃はそのプロポーズを受けた。すでに古河の両親とは何度か会って食事をしているし、古河の方にまとまった休みが取れたら、文乃の両親にも紹介することになっている。

いつまでもこんな風にライター業を続けながら、実現するかどうかもわからない作家になる夢を追い続けられるものではないと文乃は感じ始めていた。

でも、古河と結婚すれば、このまま東京にも住み続けられるし、古河の収入を当てに生活して、今の仕事を続けることもできる。そんな打算も働いていた。自分程度の人間には、古河あたりが丁度良いだろうという諦めもあった。

文乃のプロポーズ承諾を、涙を流して喜んでくれた古河には、とてもこんなことは言えないが。

「どうする？　寄っていく？」

文乃の住むワンルームマンションに近づくと、自分の方から誘ってみた。

このまま家まで送らせて、じゃあさよならでは申し訳がない。

「いや、今日はよしておくよ。もしまた具合が悪くなったら、遠慮なく電話して」

古河はそう言うと、軽くクラクションを鳴らして、その場から走り去った。

3

あまり広いとは言えない施設の園庭で、折原弥生《やよい》は、先ほどから黙々と縄跳びをしている。宿舎の二階の窓からその様子を見下ろしながら、古河啓介は、弥生に関する個別支援計画書を眺めていた。

古河が、この児童養護施設「緑梓園《りょくしえん》」に、児童指導員として勤務するようになってから、そろそろ二年になる。

大学卒業後に就職した会社は、あまり上手くいかずに三年足らずで退職し、社会学部を出ていたことから任用資格があることを知って、たまたま目に入った求人に応募した。何となく安定した職場のように感じたという、消極的な理由からだった。

使命感の必要な仕事なのではないかと、最初は引け目を感じていたが、先輩職員からは、ナイチンゲールかアニー・サリバンかというような、妙に高い志《こころざし》を掲げ《かか》て入ってきたやつほど、いざ働き始めると、理想と違うなどと言い出して、あっという間《ま》に辞めていくと聞いた。子供が好きというだけでは絶対に務まらない仕事だからだ。

その時は、そんなものかと思ったが、今は古河も何となく理解できる。

園庭では、何人かの小学生の児童たちが集まって、鬼ごっこをして遊んでいた。小さい子も女の子も混ざっていたが、弥生はまだ施設の他の子たちと馴染《なじ》まないのか、それを無視して、もう三十分以上も休憩も切れ目もなく跳び続けている。

小学校への就学経験もなく、かなり長い年月に亘《わた》って家の中に引き籠もって暮らしていたらしいから、体力的に心配があったが、思っていたよりも健康面は良好なようだ。

育児放棄《ネグレクト》のようにも思えるが、書類を見ても、弥生のケースは特殊だとしか思えなかった。個別支援計画書の児童相談所からの意見にも、戸惑《とまど》いが感じられる。

第一に、弥生は無戸籍児だった。出生届が出された形跡もない。そのため生年月日も年齢も不明で、彼女が暮らしていた家からは、それらを推し量るような日記やメモなどの記録、または写真なども、一切、見つかっていない。

学校に通わせるためと、医療機関への受診などの必要があるため、住民票の作成は無戸籍児問題の支援団体の協力などを得て申請し取得できたが、戸籍の方は未だに就籍許可の申し立て中である。

第二に、弥生は世間を騒がせた事件の被害者だった。同居していた老夫婦が、家に押し入ってきた青年に刃物で惨殺されるという猟奇《りょうき》的な事件だ。

近隣からの通報により、警察が駆け付けた時には、すでに老夫婦は二人とも出血多量で死亡しており、犯人は逃走した後だった。

弥生は二階の部屋で、何事もなかったかのようにパソコンでアニメを鑑賞しているところを保護されたらしい。部屋のドアには外側にいくつもの補助鍵がついており、弥生が特殊な状況で暮らしていたことが窺《うかが》えた。

弥生は、「ツキノネ」という名前で、ネットでは、あれこれと予言めいたことを言う美少女として、少し名の知れた動画配信者だったらしい。

犯人は日高勇気という名前の男で、自分が登録していたチャンネルで襲撃の様子を生配信しようとしていたようだったが、こちらは持参していたモバイルルーターの調子が悪かったのか、途中から映像が乱れており、アカウント自体もすぐに凍結された。

日高が家に押し入ろうとしていた動画の生配信を観ていた者からも数件の通報があり、弥生が開設していたチャンネルへ、日高が過去、執拗《しつよう》にコメントの書き込みなどを行っていたこともわかり、老夫婦殺害事件の犯人はすぐに特定されたが、今もまだ逃走中で捕まっていない。

マスコミが弥生に付けた渾名《あだな》は、「現代のカスパー・ハウザー」というものだった。

カスパー・ハウザーとは、十九世紀初頭のドイツに実在した人物の名前だ。

ニュルンベルクの広場に遺棄されていた孤児で、発見当時の年齢は、携《たずさ》えていた手紙を信用するなら十六歳。感覚は殆ど麻痺しており、まともな受け答えもできず、読み書きもできなかったが、彼自身が断片的に覚えていることから推察すると、生まれてから広場に置き去りにされるまでの長い間、ずっと日の光も差し込まない暗い場所に監禁されていたという。

彼は少しずつ社会に順応し、読み書きを覚えて健康を取り戻し、己の過去について思い出しつつあったが、その矢先、何者かによって暗殺されている。

ツキノネの正体、老夫婦との関係、襲撃に至った犯人の動機、その他一切が不明で、弥生本人も、己の出自について断片的な記憶しかない様子だった。過去にあった幼児の連れ去りや行方不明事件の被害者なのではないかという推察もあったが、今のところ、そのような事実は確認されていない。

未成年と思われる弥生の立場を尊重して、写真入りの報道などはされなかったが、ネット社会である現代では、それも殆ど意味がなかった。本人が動画配信をしていたせいで、弥生の顔写真を探そうと思えば、簡単に検索で引っ掛かってくる。

「あっ」

古河は、ふと窓の外に目をやって、思わず立ち上がった。

喧嘩《けんか》だ。

何がきっかけだったのか目を離していたのでわからないが、先ほどまで鬼ごっこをしていた児童の一人が、弥生の髪の毛を引っ張って地面に引き倒そうとしていた。

「すみません。ちょっと揉《も》め事《ごと》みたいです」

職員室にいる同僚たちに、ひと言そう伝え、古河は部屋を飛び出した。

階段を下り、サンダルを突っ掛けて表に出る。

「喧嘩しちゃ駄目だ。やめなさい」

とにかく古河は間に割って入り、弥生の髪の毛を摑んでいる徳田騎士《とくだないと》という小学五年生の男児を止めようとした。

「どうしたんだ、一体」

こういう時、どちらか一方を悪者と決めつけて叱《しか》ってはならない。

取りあえず、古河は騎士に問う。

「一緒に遊ぼうって言っても無視するんだもん、こいつ」

一人で退屈そうにしていたから、声を掛けてやったのだろう。騎士にはそういう優しいところがあったが、思っていたような反応が得られないと癇癪《かんしゃく》を起こし、暴力に訴える時があった。

「だからって、髪の毛を引っ張っていいことにはならないよ」

怪我《けが》をしていないかと、古河は弥生の方を見た。

長い髪は乱れていたが、どこか擦《す》り剝《む》いたり血が出ているような様子はない。泣いてすらいなかった。ただ呆然《ぼうぜん》と、古河や騎士の方を見ている。まるでスイッチが切れた人形のようだった。

「お前、ツキノネだろ」

吐き捨てるように騎士が言う。その言葉に、弥生が少しだけ眉を動かす。

「知ってるぞ。動画だって観たことあるんだ」

勝ち誇ったように騎士が言った。

「彼女の名前は折原弥生だ。そう呼びなさい」

少し強めの口調で古河は言う。この施設では、個人で携帯電話やスマートホンを持つことが許されるのは高校生になってからで、施設内では子供だけで勝手にパソコンを使ってネットを見られるような環境もない。だが、その気になれば学校のＰＣルームや友達の家、一時帰宅の際に調べたり見たりすることはできる。

施設の中で暮らす子供たちの中には、ニュースになった虐待事件の被害者や、親が罪を犯して服役中の子もいる。だが、「ツキノネ」事件への社会の注目度は段違いだった。

ふと、背後で縄が地面を叩《たた》き付ける鋭い音が連続して聞こえてきた。

古河が振り向くと、弥生は何事もなかったかのように再び縄跳びを始めていた。

「馬鹿じゃねーの」

騎士は短く舌打ちすると、白《しら》けたのか、他の子供たちを伴って宿舎の方へ戻って行く。

古河は、小刻みに地面を跳ねている弥生を見つめた。跳ぶ度に、弥生の穿《は》いているスカートが上下に揺れる。

事件後、児童相談所に一時保護された弥生だが、無戸籍のため、名前と年齢が不明だった。本人は、「ツキノネ」は動画配信サイトの登録名で自分の名前ではないと言い、老夫婦の娘や孫であることも否定した。警察でＤＮＡ鑑定も行われたが、殺された老夫婦との血縁関係は認められていない。

医師や児童心理司などの専門家、教育関係者などの調査により、弥生には読み書きや九九などの基本的な知識があり、中学一年生程度の学力があることがわかった。

身体的な発育度などに鑑《かんが》み、年齢は概《おおむ》ね十一歳、学齢小学五年生とし、市長への上申で、警察に保護された日を誕生日として「折原弥生」という仮の名で住民票の登録が行われた。名前を「ツキノネ」としなかったのは、事件であまりにも知れ渡っているため、今後の成育上の影響を考えてのことである。

弥生自身は、市長が命名したその名前を、案外、あっさりと受け入れた。呼び名など何でもいいというような態度だった。

「もうすぐ夕ごはんの時間だから、そろそろ縄跳びは終わりにしない？　食堂に行って、手を洗わないと……」

古河がそう言うと、弥生はぴたりと縄跳びを止《や》めた。

「ごはん？」

「うん」

「お腹すいた」

弥生は縄を放り出し、一目散に宿舎の方へ駆けて行く。

やれやれといった気分で、古河は落ちている縄を拾い、それを畳《たた》みながら弥生の後を追って宿舎に戻った。

一応、弥生の担当は古河なのだが、まだあまり心を開いてもらえてはいない。

弥生がこの施設に来たのは、ほんの一週間ほど前だ。近隣の公立小学校にも、寄付で余っていた真新しいピンク色のランドセルを背負って通い始めている。

就学経験がないということだったから、登下校は施設の職員が付き添い、まめに学校の担任の先生とも会って学校での様子を聞いていたが、弥生は大人しく授業を受けているという。

ネグレクトなどにより殆ど学校に通ったことがないという子供は何人か見てきたが、最初は集団生活に非常に戸惑うことが多い。家の中での、親兄弟とのごく狭い生活経験しかないため、学校でも席に座っていられなかったり、常識外れの行動を取ることもある。

だが弥生の場合は、今のところはそんなこともなく、それが少々、古河には不思議に感じられた。

4

指定されたファミリー・レストランに入り、窓際の四人掛けテーブル席に着くと、大塚文乃は窓の外の景色に目をやった。

二車線の幹線道路を挟んだ向かい側には工場があった。小学校の体育館ほどの大きさの建物がいくつか並んでおり、屋上の塔屋には見慣れた製パン会社のロゴが入った看板が掲げられている。配送の大型トラックが、ひっきりなしに大きな門から出入りしていた。古い工場なのか、敷地は色のくすんだ万年塀で囲まれており、数か月前に終わった選挙のポスターが、今も剝《は》がされずに残っていた。

文乃は時計を見る。あと五分ほどで正午だった。

荒木一夫からメールがあったのは、展示会で文乃が倒れてから、一週間ほど経った頃だった。どういうわけか、絵の鑑賞中に倒れた文乃に対する謝罪のメールだった。

以前に一度、取材を断られていたが、文乃は会ってお話ができないかと返信を出してみた。

インタビュー等ではなく、実際に会って自分という人間を見て欲しい。お話をしてみて、そのうえで取材に応じられるかどうかを判断して欲しい。そんな真摯《しんし》な気持ちを素直に綴《つづ》り、メールを返したところ、仕事の合間の休み時間に、三十分くらいならという返事をもらえた。

窓の外に見えている工場が、どうやら荒木の勤め先のようだった。コンビニやスーパーに卸《おろ》す、袋入りの菓子パンや惣菜《そうざい》パンを大量生産する工場のようだ。

文乃は少し気を引き締めた。実際に荒木と面と向かって話をしたことはない。どういう感じの人なのかはわからないが、少なくとも今日は、取材抜きでとにかく会って欲しいという主旨だ。いつもの調子で相手に質問したり、あれこれ聞き出そうとすると、再び気持ちを閉ざされてしまうかもしれない。

むしろ今日は、今後、取材を受けてもらうために自分のことを知ってもらい、ハードルを下げることの方が重要だ。そう思ったから、敢《あ》えてカメラも録音用のＩＣレコーダーも持参してこなかった。

正午を十分ほど過ぎた頃、店のドアを開いて男が入ってきた。ファストファッションの店で買ったような、グレーの襟付きシャツに、ジーンズといった地味な格好だ。

時間が時間だから、店の中は割合に混雑していた。

荒木はこちらの顔を知らないから、ドアが開いて客が入ってくる度に、文乃はそちらに視線を向けていたが、レジの女の子に何か問うているその男は、間違いなく荒木だった。

「荒木さん」

レジからは少し離れていたが、席から立ち上がって文乃は声を掛けた。店の中はざわついていたが、動きで文乃に気づいたのか、荒木がこちらに歩いてくる。

「えーと、初めまして。大塚さんですか」

後頭部を掻きながら、確かめるような口調で荒木が言う。低く落ち着いた声音だった。

「はい。大塚文乃です。わざわざお時間をいただいてすみません」

深くお辞儀をし、文乃は荒木に、向かい側に座るように促した。

「お昼ごはん、まだでしたら、ご一緒にいかがですか」

「いや、急いで食ってきたんで……」

文乃の問いに、困ったように荒木が答える。

オーダーを取りに来た店員に、荒木はドリンクバーだけを注文する。

「うちの工場、無料でパンは食べ放題なんですよ。焦《こ》げムラのあるやつとか、クリームがはみ出したのとか……」

おそらく、生産ラインでチェックを受け、廃棄となるパンだろう。工場の真ん前なのに、そこで働いていると思しき客がいなかったのはそのせいか。だからこそ、荒木はここを会う場所に指定したのかもしれない。

「十三時には戻らないといけないんで……」

まだ席に着いたばかりだというのに、早くも休憩の終わり時間を気にしているようだ。

「お忙しいのに、お呼び立てして申し訳ありません」

「いや、忙しいというか、僕はただのパートのライン工なんで……」

自嘲《じちょう》気味に荒木は言う。

「午前中は、ずっとツイストドーナツを捻《ひね》るだけの作業をしていました。こんな感じで……」

そう言って笑いながら、荒木は手付きでその仕種《しぐさ》を示してみせる。

どういう表情をしたら良いのかわからず、曖昧に文乃は微笑んだ。

工場に勤務していると聞いて、そうなのではないかと半ば予想はしていたが、あれだけの絵を描く人が、普段はパン工場の生産ラインで単純作業に従事しているということが、何だかとても歯痒《はがゆ》く思える。

「あの、これ……お持ちかもしれませんが」

ハンドバッグから名刺入れを取り出し、文乃はそれを差し出した。

荒木は困ったような表情を浮かべる。

「ごめんなさい。僕は名刺は持ってないんです」

「いえ、そんな……」

何となく気まずい空気が流れる。荒木は「失礼」と言って席を立つと、ドリンクバーに行き、コーヒーを淹《い》れ始めた。

今日はインタビューではないので、矢継《やつ》ぎ早《ばや》にこちらから質問するようなことはやめようと思っていたが、それはそれで会話のきっかけが摑めず、どうしたら良いかわからない。

「お仕事はいつもこのお時間なんですか」

戻ってきた荒木に、文乃はそう質問する。

「いや、夜勤の方が多いかな。定まってないんですよ。社員じゃないんで、人手が足りない時間帯や部署のたらい回しです」

カップに口を付けながら荒木が言う。

改めて、荒木の風貌《ふうぼう》を文乃はじっくりと観察してみた。

画集にある近影と、それからテレビの短いドキュメンタリーで姿を見たことがあるだけだったが、印象は実物の方がずっと良かった。痩《や》せ形で、パーマを当てているのか、それとも元から癖《くせ》が強いのか、少し伸ばし気味の頭髪は、何だかもじゃもじゃとしている。頬《ほお》にはうっすらと無《ぶ》精髭《しょうひげ》が生えているが、不思議と不潔感はない。眼鏡を掛けており、物腰には穏《おだ》やかな雰囲気があった。年齢は四十近い筈だが、もう数歳は若く見える。本人にそんなつもりはないだろうが、どこか画学生風の雰囲気もあった。

もしかすると神経質な人かもしれないと心配していたが、会ってみると人当たりの好い感じで、文乃は少し安心した。

「そんなにじっと見ないでくださいよ。緊張します」

「あ、すみません」

慌てて文乃はそう答えた。

「女性と、こんな風に一対一でお話ししたことも、殆どないんで……」

困ったように苦笑いを浮かべて荒木は言う。

「あの……どうして会っていただける気持ちになったんですか」

ここは素直に、疑問に思っていることを聞こうと考え、文乃はそう問うた。

「正直、こういった取材みたいなのを受けるのは、もうやめようと思っていたんですよ」

やや言いにくそうに荒木が口にする。

「前に出たテレビの影響で、前の職場にちょっと居づらくなっちゃって……」

確かに言われてみれば、半年ほど前に放送されたニュースの小特集では、荒木は倉庫での仕分け作業か何かの仕事に就いていた。

「職場にはカメラは入れないで欲しいって言ったんですけど、それじゃつまらないって、ディレクターが少し強引な人で……」

映像の質を上げるために、荒木の気持ちを考えずに突っ走ったということだろうか。

「引き続き密着して取材を続けたいって申し出があったんですが、断りました」

荒木の口調からは怒りのようなものは感じられなかった。どちらかというと困惑の色合いの方が強い。

「そっちの取材は断っておいて、他の取材を受けるというのも不義理な気がして……」

そんなのは相手が悪いんだから気にすることではない、という言葉が喉まで出掛かったが、文乃は我慢して頷くだけに留《とど》めた。

自分だって、気がつかないうちに同じようなことをしないとは限らない。文乃が自分のために書こうとしている本の取材を受けて欲しいというのだって、こちらの都合を押し付けているだけだ。それにしても――。

嫌な思いをさせられた相手に対しても、こういう気遣いをする荒木は、少し優しすぎるのではないかと感じた。

「僕の絵を観て倒れた時に、絵の中に女の子がいるのを見たんですよね」

時間があまりないのを気にしてか、店の壁に掛けられた時計を見て、荒木が言う。

「はい」

文乃は頷いた。シンポジウムの会場で受付をしていた男性が伝えたのだろう。

「どんな子でした？」

「何というか……十歳くらいで……」

真剣に思い出そうとし、文乃は瞼《まぶた》を閉じて腕を組んだ。長い黒髪、黄ばんだノースリーブのワンピース、足下は運動靴……。

そんな風に少女が身に着けていたものはすぐに思い出せるが、肝心の顔については、どう伝えたら良いかわからない。だが、猫みたいに目の大きな子だった。可愛らしい子だったが、どこか冷たい雰囲気があり、幼いにも拘《かか》わらず、妙な色香も感じさせる少女だった。

素直に自分が抱いた印象などを伝えると、荒木は納得したように頷いた。

「私以外にも、あの絵の前で失神した人が、何人かいると聞きました。その人たちも見たんですか？」

「いや……わからない」

首を傾《かし》げて荒木が答える。

「絵を見て失神した人と会うのは初めてなんです。僕も不思議に思っていたんだけど、あなたが女の子を見たって言うから……」

どうやら文乃と会ってみようと考えたのは、そのためのようだ。

「でも、荒木さんの絵には、その……人物とか動物とか、生きているものは描かれていませんよね」

そのことが荒木にとってどのような意味をなすのかわからなかったので、文乃は慎重に質問する。

「描いてはいないけど、いますよ」

荒木の答えに、どういうわけか文乃はぞくりとしたものを覚える。

「どう説明したらいいんだろう。現実にある小楷町と、僕の頭の中にある小楷町は、そっくりではあるけれど、別物なんです」

先ほどから、荒木は落ち着かない様子でテーブルの表面を指先で引っ掻いている。何度も喫煙コーナーの方をちらちらと見ていた。

「あ、もしかして、煙草をお吸いになるんですか」

直感で、文乃はそう言った。

「ええ、まあ」

「気がつかなくてすみませんでした。お店の人にお願いして、席を移りますか」

「いや、そこまでしなくてもいいですよ」

荒木は、仕方なくという様子でコップの底に残っていたコーヒーを飲み干した。

「目を閉じると、頭の中に立体的に小楷町が浮かび上がってくるんです。僕はその中を自由に歩いて、スケッチするように絵を描いているだけなんです」

文乃は頷く。それは例のニュース番組でも、聴講したシンポジウムでも荒木が証言したこととして知っていた。

「だから、僕の描いた絵は、僕の視点の……何だろう。一人称とでも言ったらいいのかな」

「例えば今も、目を閉じれば簡単にその場所に行けるんですか」

「簡単にとはいかないけど……。少し集中することは必要なんです。静かな場所で、心を落ち着けて」

「高熱を発して魘《うな》されている時に、頭の中に小楷町が起ち上がってきたと聞きましたけど」

「うん。そんな感じ」

何もない真っ白な空間に線画が起ち上がり、その表面にテクスチャが貼られ、やがて緑の田園風景になる……という光景を文乃は思い浮かべる。

だが、それが実際に荒木の頭の中で起こっていることと同じかどうかは、わかりようがなかった。

「僕の頭の中の小楷町にも、人は住んでいるんです。その女の子以外にも、会ったことがないだけで誰かいるのかもしれない」

荒木の口調は落ち着いている。それについて詳しく問うのは、今日は踏み込みすぎだろうかと文乃は迷った。

荒木の方から積極的に話してくれるのも、何だか意外だった。

関係のある事例なのかどうかはわからないが、文乃はふと、少し前にネットで話題になった『This Man』のことを思い浮かべた。精神病の患者の夢に共通して出てくる、眉が太く頭髪の薄い男のことだ。

不気味な男が繰り返し夢に出てくるという相談を、自分が担当する患者から受けた医師が、試しに似顔絵を描いたところ、それを見た別の患者も、夢の中でこの男に会ったことがあると言い出した。興味を持った医師が、友人の医師やウェブサイトを通じて、この男のことを広く世間に紹介したところ、実に二千人以上が、この男に夢で会ったことがあるという報告があった。

今ではこれは、イタリアの広告会社が行ったバイラル・マーケティングの実験だったということがわかっているが、話題になっていた頃は諸説が飛び交い、中には人の夢の中にダイブできる特殊な能力者なのではないかなどの突飛な説もあった。

文乃が見た女の子と、荒木の頭の中にある町に住んでいる女の子が、同じ子なのかはわからない。だが、何やら気持ちの悪くなる話ではあった。

「荒木さんは、去年の夏、小楷ダムの水位が下がった時には見に行きましたか」

「いえ」

荒木は頭を左右に振る。

「ニュースの映像も見ないようにしていました。事情があって子供の頃に親戚の家に引き取られてからは、あの辺りには一度も足を運んでいません」

「それはまた、何で……」

「以前は、小楷町に帰ってみたいという気持ちが強くあったんですが、絵を描くようになってからは、少し怖くて避けています。何というか、絵が描けなくなるか、大きく作風が変わってしまいそうな気がして……」

文乃は頷く。そんな不安を抱くのは、自然なことだろう。

「今は治療の一環というよりも、小楷町を描くことが、一つの生き甲斐《がい》にもなっているんですよ」

荒木が話を続けようとした時、不意に文乃の背後から声がした。

「お、荒木じゃん」

文乃がそちらを見ると、レジの方に三人連れの男たちが立っていた。いずれも作業着のようなものを羽織っているが、下はワイシャツとネクタイのようだ。

声を出したのは、その中でも最も若い男のようだった。二十代半ばほどで、文乃とあまり変わらないくらいの年に見える。

「ライン主任の社員さんです」

荒木が小声で文乃に囁《ささや》く。

その三人連れは昼食を摂《と》りに来た様子だったが、他に行けばいいのに、わざわざ通路を挟んだすぐ隣の席に座った。

「どうも」

どうリアクションしていいのかよくわからず、文乃はそちらに軽く会釈《えしゃく》した。

「何やってんの、こんなところで。パートの人は無料パンがあるでしょ」

文乃を意識するようにちらちらと見ながら、その若い社員が荒木に話し掛ける。

荒木よりずっと年下だろうが、ずいぶんと見下したような喋《しゃべ》り方だった。一緒にいる四十代くらいの同僚のうちの一人は苦笑いを浮かべており、もう一人は完全にこちらなど眼中にない様子でメニューを眺めている。

「知り合いが訪ねてきたもので……」

「彼女さん？」

「いえ、違います」

荒木がそう答えると、若い社員は顔に歪《ゆが》んだ笑みを浮かべた。

「だろうな。俺だって彼女いないのに、荒木なんかにいたらショックだぜ」

冗談めかした様子で若い社員が言う。荒木は困ったように適当に相手に合わせて笑みを浮かべていた。文乃は不愉快な気分になったが、荒木に迷惑が掛かりそうだったので黙っていた。

「荒木さん、そろそろ行きますか」

時間はまだあったが、隣にこの連中がいては、もう落ち着いて話は続けられそうになかった。

文乃は伝票を手にして立ち上がる。

「そうですね」

荒木も席を立つ。

「何だよ、逃げなくたっていいじゃん」

どういうつもりなのか、また若い社員が絡《から》んできた。

文乃は暗澹《あんたん》たる気持ちになる。あれだけの絵を描ける人が、職場でこんなに軽い扱いを受けていることの理不尽《りふじん》さを感じた。しかもこんな頭の悪そうな男に上司面《づら》されて使われているとは。

レジで文乃が二人分を払おうとしたが、荒木が固辞した。

本当なら取材相手に払わせるわけにはいかないが、若い社員の男が席の方から、こちらの様子を窺っているので、結局、各々自分の分を払って表に出た。女である自分が支払いをしていたら、後で荒木が余計な詮索《せんさく》を受けて困るのかもしれないと思い、空気を読んだのだ。

「あまりお話しできなくてすみません」

謝る必要などないのに、表に出たところで荒木がそう言ってきた。

「いえ……またメールしてもよろしいですか」

「もちろんです。日を改めて会いましょう。土日とかでも構いませんか」

「それはもう」

荒木の方から改めて会おうと言ってくれたのは嬉《うれ》しかった。中途半端なところで切り上げることになったせいで、却《かえ》って次にまた会う口実ができた。その点では、先ほどの失礼な若い社員に感謝した方がいいのかもしれない。

工場の門の正面にある横断歩道の前に並んで信号待ちしながら、最後に一つだけと思って文乃は荒木に質問した。

「あの女の子って、何者なんですか」

「小さい頃、会ったことのある女の子です」

その口調から、もしかするとその女の子は、例の深層崩壊事故と何か関係があるのではないかと、ふと文乃は思った。

5

「もしもし。お母さんですか？」

事務所にある固定電話の受話器に耳を当て、徳田騎士は普段とは違った声を出している。

「はい……はい。わかっています。ちゃんと自分のことは自分でやれます。勉強も頑張っています。だから……」

騎士の背後に立ち、その小さな肩を見下ろしながら、黙って古河は会話の内容を聞いていた。

来週に迫《せま》ったゴールデンウィークに、二泊三日で一時帰宅を予定していた騎士に、母親から、やはり中止にして欲しいと連絡があったのは、今日の午前中、騎士が小学校に行っている最中《さいちゅう》だった。

仕事が忙しいというのが理由だったが、たぶん嘘だろう。

騎士の両親は離婚している。実父は傷害と覚せい剤取締法違反で有罪判決を受け、現在、服役中だ。騎士は母親の再婚相手から虐待を受け、児童相談所に保護を受けた。

騎士には小さな弟と妹が一人ずついる。いずれも父親が違う異父きょうだいだ。上の弟は騎士を虐待した男の子供。下の妹は、母親が現在一緒に暮らしている、内縁関係にあるまた別の男性の子供である。

騎士の母親は、この内縁関係の男と、四歳と二歳になる二人の子供と一緒に暮らしている。騎士を虐待していた前夫との離婚後、新たに一緒になった男と入籍しないのは、おそらく母子家庭への児童扶養手当が目当てだろう。

「古河のお兄さん」

受話器の送話口を小さな手で塞《ふさ》ぎ、騎士が振り向いた。

「お母さんが代わってだって」

古河は頷く。大きく深呼吸し、騎士から受け取った受話器を耳に当てた。

「お電話代わりました。児童指導員の古河です」

「あのねえ、今朝、ちゃんと説明したでしょう？　何で伝わってないの」

騎士の母親は、いきなり電話口で声を荒らげてきた。茶髪で若作りの化粧とファッションをしたその顔が頭に思い浮かぶ。

「いえ、騎士くんが、自分でお母さんに電話して確認したいというので……」

離れて暮らしている実子から掛かってくる電話が、そんなに鬱陶《うっとう》しく感じるのか。

胸の奥に澱《よど》んだものが湧き上がってくるのを感じたが、古河は我慢した。このくらいのことで腹を立てていたら、この仕事は務まらない。

「あなたたち、ちゃんとうちの子に躾《しつけ》してくれてるの？　この間、うちに騎士が泊まりに来た時だって大変だったんだから。服は脱ぎっ放しだしトイレは汚すし、困るのよ」

「騎士くんは、寮での生活はしっかりとやっていますよ。小さい子の面倒も、積極的に見てくれたりもします」

よくもまあ恥ずかしげもなく躾などという言葉が口から出てくるものだと、古河は閉口しそうになる。

前回の騎士の一時帰宅は、昨年末から今年の正月にかけて、五日間の予定だった。ところが騎士は、たった二日で母親が運転する車で大晦日《おおみそか》に施設に帰宅させられた。母親の話だと、弟と妹に暴力を振るったのだという。

その年の大晦日から元旦にかけての当直は、一番の若手で独身である古河のシフトになっていた。一時帰宅できなかった子供たちや帰宅先のない子供たちと一緒に、年末のお笑い番組をテレビで観ながら、騎士はどうってことないという風に笑っていたが、夜中に布団の中で泣いていたのを古河は知っている。

「ゴールデンウィークの一時帰宅の件ですが……」

騎士が臑に軽く蹴りを入れて促してくるので、古河はわかったという意味で軽く騎士の方を見て頷くと、受話器を握り直した。

「最初の予定を短くして、一泊二日とか、せめて一日だけでも一緒に過ごしてあげられませんか」

「だから仕事が忙しくて無理だって言ってるじゃない」

もしかすると、騎士抜きでどこか旅行にでも出掛けることにしたのかもしれないなと思いながら、古河は答える。

「面会にも来られませんか」

「無理。じゃあ切るわね」

「あ……」

もう一度、騎士に代わってやろうと思っていたが、通話は一方的に切られた。

「ごめん騎士。切れちゃった」

「あーあ、やっぱりね」

先ほどまでとは打って変わり、いつもの口調になって騎士は言う。

「しょうがないか。現実は厳しいよね」

大人びた調子でそう言うと、騎士は着ている上着のポケットに手を突っ込んで事務所から出て行こうとした。受話器を架台に置くと、古河も一緒に部屋を出る。

「付いてくんなよ。うぜーな」

「別に騎士に付いて行ってるわけじゃないよ」

そろそろ終業時間なので、担当している弥生の様子を見てから日誌を書くつもりだった。

「弟や妹は可愛いんだけどさ、お母さんの彼氏、苦手なんだよね」

ぼそりと騎士が言う。

騎士の母親が現在、一緒に暮らしている男は、以前の再婚相手のように騎士に暴力を振るうようなことはないが、騎士が帰宅しても基本的には無視するか、ねちねちと嫌がらせをしてくるという。

無気力な男で、騎士に弟と妹の面倒を見させておいて、母親がパートに出ている間は部屋でテレビゲーム三昧《ざんまい》。小説家志望だと言っているらしいが、騎士はこの男が小説を読んだり書いたりしているところを一度も見たことがないという。

騎士に任せた家事が滞《とどこお》ると、怒鳴《どな》りつけてはこないが、それを帰宅してきた母親に報告し、だらしがないと騎士は母親に説教を受ける。

母親と電話で話している時や、面会に来た時は、驚くほど騎士は「良い子」らしく振る舞う。普段からしっかりした子ではあるのだが、一時帰宅後、一日か二日ほど経つと、いわゆる「赤ちゃん返り」のようなことを起こす。母親に甘えた経験が乏《とぼ》しいものだから、甘えたくなるのだ。それを母親の方では我《わ》が儘《まま》と受け取り、結局はトラブルの元になる。

弟と妹に暴力を振るったというのも、騎士から聞いたところだと、日中に世話を押し付けられていた妹のおむつ替えを忘れ、かぶれさせたと母親に責められ、大晦日にみんなで食べる予定で買っていたケーキを、罰として自分だけ取り分けてもらえなかったことに端を発しているという。

腹を立てた騎士は、弟と妹の皿の上に載ったケーキを奪おうとして喧嘩になり、泣き叫んで取り戻そうとした弟の頭をぶった。怒った母親が、騎士を施設に帰すと言い出し、騎士はそれを嫌がってますます暴れ出した。部屋は滅茶苦茶《めちゃくちゃ》になり、やっと落ち着いた騎士は頻《しき》りに反省して謝ったが許してもらえず、車に乗せられて帰ってきた。

それでも騎士は、悪かったのは全部自分だと思っている。自分が我慢できなかったから、良い子でいられなかったから、そんなことになったのだと。

騎士と一緒に園庭に出ると、今日も弥生は一人きりで黙々と縄跳びをしていた。

「ひゅんひゅん言ってるよ。鞭《むち》みたい。すげえな」

感心したように騎士が言う。

見ると、毎日、縄跳びばかりしているせいか、弥生はそのバリエーションと技術を向上させていた。あや跳びや二重跳び、駆け足跳びなどの技を複合させ、足下で複雑なステップを刻みながらも一度も足を引っ掻けることなく、一定の速いリズムで跳び続けている。無言で無表情なので、その様は何やら鬼気《きき》迫るものがあった。

あまりにすごいので、思わず古河は騎士と一緒に足を止め、暫《しば》し縄跳びをする弥生に見とれていた。

殆ど完璧に見えたが、不意に縄が足先に引っ掛かり、心地好かった縄のリズムが止まった。弥生は無表情のまま、足に引っ掛かった縄を見下ろすと、小さく「チッ」と舌打ちして、再び縄跳びを始めようとした。

「すげー」

騎士が感嘆したような声を出す。

縄を膝裏《ひざうら》に引っ掛けて腕を前に伸ばした体勢のまま、弥生がこちらを見る。

「上手になったね。縄跳び、好きなの？」

弥生に向かって軽く拍手を送りながら、古河が言う。

「体育で縄跳びカードが配られたので」

騎士を警戒するようにちらちらと見ながら、弥生が声を出す。

「だとしても頑張りすぎだろ。ていうか、上手くなりすぎ」

笑いながら騎士が言う。気持ちは落ちているだろうに、それを表に出そうとしない。

「体育の時間に先生に見てもらって課題に合格すると、金色のシールを貼ってもらえるのです」

再び弥生は跳び始める。

「変なやつ」

そう呟くと、騎士はさっさと園庭を横切って、食堂の方に向かって走って行った。そういえば、そろそろおやつの出る時間だ。

「食堂でおやつが出ると思うから、縄跳びに飽きたら弥生もおいでよ」

古河はそう声を掛けると、騎士の走り去った方向に歩き出す。騎士や他の子供たちと一緒に、お茶でも飲んで少し休憩しようと思った。

「どうも。お疲れ様です」

調理担当の職員たちに、そう声を掛けて挨拶しながら食堂に入ると、テーブルの隅では騎士を含む小学生の男の子たち数人が集まって、おやつを食べながら話をしていた。古河が入ってきても、特に気に掛けてくる様子もない。

どうやら今日のおやつは手作りの焼きプリンのようだった。古河も席に着くと、テーブルの中央に手を伸ばして、伏せてある茶碗を取り、緑茶のティーバッグを入れてポットから熱湯を注いだ。

折り畳んで結んだ縄を手に、弥生が食堂に入ってきたのは、その時だった。

「食堂のお姉さん、私にもおやつ」

四十年輩の調理員の女性にそう言うと、弥生は手を洗うために、一度、食堂の外に出て行った。この施設では、子供たちは職員を「お兄さん」「お姉さん」と呼ぶ決まりになっている。お兄さんやお姉さんと呼ぶにはちょっと歳を重ねていても、それは同様だ。

戻ってきた弥生が、古河の正面を選んで席に着いた。一瞬、こちらを窺うように上目遣いで視線を向けてくる。

調理員の女性が、小皿に盛られた焼きプリンを持ってきて、スプーンと一緒に弥生の前に置いた。バニラエッセンスの甘い匂いと、カラメルの香ばしい匂いが、古河のところにも届いてくる。

弥生は小皿ごと焼きプリンを持ち上げ、スプーンを手にした。

「あっ」

その時、弥生が小さく声を上げ、小皿を床に落とした。プラスチック樹脂の小皿がフローリングの床に当たって跳ねるカランという音。プリンが形を失って、床にぐちゃっと広がる。

お喋りをしていた騎士たちのグループも、一瞬、話を止め、弥生の方を見た。

「あらあら」

調理場の方に戻りかけていた調理員の女性が、振り向いてそれを見る。

「ごめんなさい、お姉さん。落としちゃった」

俯いたまま、弥生が言う。

「大丈夫よ。たくさんあるから気にしないで。今、代わりを持ってくるからね」

「掃除しておきましょうか」

手にしていた茶碗をテーブルの上に置き、古河は立ち上がった。

「ああ、じゃあ古河さん、お願いします」

古河はテーブルの上に置いてある箱から、素早くティッシュを数枚、引き抜くと、床に飛び散った焼きプリンの残骸《ざんがい》をざっと拭《ふ》き取った。

新しい焼きプリンが入った器を持って戻ってきた調理員の女性に、古河が床に落ちた食器と汚れたティッシュを渡そうとしたその時、弥生がテーブルの上に置かれた新しい焼きプリンとスプーンを、今度は横に薙《な》ぎ払うようにテーブルの上から落とした。

器が床に当たって音を立て、また焼きプリンが砕《くだ》ける。その一部が、古河の穿いているズボンの裾まで飛び散った。

「ごめんなさい、お姉さん。また落としちゃった」

抑揚のない口調でそう言うと、弥生は顔をこちらに向け、その大きな瞳を古河と調理員の女性に向けてきた。

「たくさんあるから気にしないでいいんでしょ」

口元に微かに笑みを浮かべて弥生が言う。

古河は調理員の女性と視線を合わせ、アイコンタクトを取った。

自分がいる時で良かった。この年輩の調理員さんはベテランなので、こんなことは慣れっこだろうが、若かったり経験の浅い職員だと、頭ごなしに子供を叱りつけてしまったり、おやつ抜きや夕食抜きなどの罰を与えてしまう。

調理員の女性が厨房《ちゆうぼう》に戻ると、古河は弥生の隣の席に座り、できるだけ穏《おだ》やかに、諭《さと》すように言った。

「こんなことをしたら駄目だろ？　わかってるよね」

「わざとじゃないもん」

しれっとした口調で弥生が言う。

「一所懸命作ったプリンを食べてもらえずに、こんな風にされたら、きっと食堂のお姉さんやお兄さんたちも悲しい気持ちになると思うよ」

弥生は黙ったままだ。

「一緒に掃除して綺麗《きれい》にしようか。そうしたら、もう一度手を洗って、食堂のお姉さんにごめんなさいって言いに行こう。プリン食べたいだろ？」

「食べたくない。もういらない」

弥生は椅子から立ち上がると、わざと床に落ちたプリンを踏みつけてから園庭へと出て行った。床に、点々とカスタードで足型がついている。これは掃除が大変だ。

「あーあ」

それを見ていた騎士が声を上げる。

古河は仕方なく立ち上がり、取りあえず床に落ちた器とスプーンを拾った。

「掃除するの手伝おうか」

おやつを食べ終わった騎士たちのグループは三々五々食堂から出て行き、騎士が古河の傍《かたわ》らに来た。

「お、ありがとう。じゃあ職員の誰かに言って、水を絞《しぼ》ったモップか雑巾《ぞうきん》を持ってきてくれるかな。その間に、ざっと拭き取っておくから」

「了解。手が掛かるよな、あいつ」

「お前が言うなよ」

「何だよ、うるせーな。同情してやって損した」

そう言うと、騎士は食堂を出て行く。

弥生が入所して、そろそろ一か月が過ぎる。今までは新しい生活にも慣れず緊張していたのか、大人しかったが、環境にも徐々に慣れてきて、試し行動が出てきたのだろう。

あれは古河や、周りの大人たちが試されているのだ。虐待を受けてきた子は、わざと大人を苛《いら》立《だ》たせる行動を取り、相手がどのようなリアクションを取るか、じっと観察している。カッとなって怒り出すのか、体罰など自分に暴力を振るうのか、それとも時間をかけて諭そうとするのか。こちらの内面というか、本性を探っているのだ。

こんなのは序の口で、子供のこういった行動に対して知識があり、経験上、慣れている筈の職員すらも怒らせるほど、大人を怒らせるのが上手い子供もいる。

だが、弥生の場合はどうなのだろうか。ネグレクトを受けていたと思われる形跡はあるが、身体的暴力や性的虐待を受けていたかどうかは、客観的にはわかっていない。

水の入ったバケツと雑巾を手に戻ってきた騎士に手伝ってもらい、一緒に床を拭きながら、古河はそんなことを考えた。

6

小楷ダムに足を運ぶのは、昨年夏の減水の時以来だった。

文乃は車の運転はできないので、交通の便が悪い小楷ダムに来る際は、いつも古河に車を出してもらうことになる。

月に六日しか休みがなく、昼夜のシフトの一定しない古河に、貴重な休日を使わせるのは申し訳なかったが、ドライブは好きだからいい気分転換になると言ってくれる優しさに、ついつい甘えてしまっている。

ダムの周囲には、何箇所か、車を停めて展望できるスペースが造られている。そのうちの一つは「道の駅」になっており、減水のために水底に沈んでいた小楷町が現出した時には、それを見物に来た都内や近県からの野次馬で、大変な賑わいとなった。

展望台の手摺《てす》り越しに、文乃は湖面を見下ろす。

今はダム湖には十分に水が蓄《たくわ》えられており、鏡面のように輝いている水面には、形を変えながら空を流れていく雲の形が映し出されていた。水の透明度は高かったが、底まではさすがに見えない。

土曜日だったが、まだ六月で夏休みでも紅葉のシーズンでもないからか、「道の駅」は閑散としていた。郷土の野菜を売るスペースや、地元名産品を扱う土産物屋が並んでいる売り場にも、観光客は十数人しかおらず、駐車スペースも空いている。

小楷ダムは貯水湖《リザーバー》だから、自然湖とは違い、岸からいきなり深くなっている場所が多い。元々は山の斜面だった部分が湖になっているからだ。

そのため、公園として整備されているようなところを除けば、岸際に立つことのできる場所は少なく、ボートやカヌーの持ち込みや釣りなども禁止されているので、湖面にも湖岸にも人気《ひとけ》は殆どなかった。

周辺はダム竣工後に区画整理され、地名は「小楷町」から「小楷湖町」に変更されている。遠くに、山と山を繋ぐように大きな、「小楷にじいろ大橋」と呼ばれる一般道と高速道路が併設された大型橋梁が見えた。これもダム建設計画の一環として架橋されたものだ。

「五平餅《ごへいもち》買ってきたよ。食べる？」

湖面を見下ろしていた文乃に、背後から古河が声を掛けてきた。

「さっき、お昼ごはん食べたばかりだから……」

「そう？　ドライブインみたいなところに停まると、ついつい買い食いしたくなるんだよね」

古河はそう言って笑い、発泡トレーに載った五平餅の串《くし》を手にして、それを齧《かじ》り始めた。

「あの大きな橋の下……」

隣にやってきた古河に、文乃は遠くに見える「小楷にじいろ大橋」を指差して口を開く。

「あの橋の下に、もう一つ、小さな橋があるのよ」

「そうなの？　どこ」

ちょっとだけ身を乗り出して古河が言う。

「見えないよ。水の中だもの」

「ああ、成る程」

大橋が架かっている下は、かつて小楷峡谷と呼ばれた景勝地だった。

谷間を流れていたのは八倉《やくら》川の支流で、その上に「虹色橋《にじいろ》」という吊《つ》り橋が架かっていた。ダム工事の際にも解体されることなく、そのまま湛水されたため、今も水の中に橋が残っている。

昨年の減水の際には、その「虹色橋」も姿を現し、上下に並んだ二つの橋の奇観は、ダム減水を知らせる新聞のニュースでも、全国紙の一面でカラー写真が掲載されていた。

「昔ね、この辺に家族でキャンプしに来たことがあるのよ」

あれは文乃が五歳か六歳の時だった。

完全竣工前だったが、すでにダムの試験湛水や試験放流は終わっており、道路などの周辺設備なども整って、ダムへの観光誘致が始まった頃だろう。

今、文乃たちが立っている位置からは見えないが、ダム上流域に「夷狄河原《いてきがわら》」と呼ばれる場所があり、当時は新設のキャンプ場になっていた。

「夷狄って、外国人とかを意味する夷狄？　変な名前だね」

幕末などによく使われた、外国人に対する敵意や軽蔑が含まれた言葉だ。

「今もたぶん、あると思うよ」

淡い記憶だったが、河原に石を積んで竈《かまど》を造り、焚《た》き火《び》をして飯盒《はんごう》でごはんを炊《た》いたり、川で獲《と》れた魚を焼いて食べたり、両親と一緒にテントの中で寝た、懐かしくて楽しい思い出があった。

テレビで小楷ダムの減水のニュースを見た時、わざわざ足を運んでみようと思ったのは、それが子供の頃にキャンプに行った場所の近くだと、何となく覚えていたからだ。

「この後、また寄って欲しいところがあるんだけど」

「はいはい。取材ですか」

車の方に戻って歩きながら、古河が言う。

「小楷ダムビジターセンターっていう施設にある、郷土交流館なんだけど……」

「デート向けって感じじゃないね」

冗談めかして言う古河に、文乃は曖昧に笑みを返した。

文乃が軽自動車の助手席に乗り込むと、古河が早速、その施設をカーナビで探し始めた。例の『小楷分岐』という荒木一夫の作品が常設展示されている場所だった。

あの絵の前にもう一度立つのは、何だか恐ろしい気がしたが、自分の他にも同じように絵の前で失神した人がいるというのなら、職員に話し掛けてその時の様子も聞いてみたい。それに、郷土資料を集めた図書室もあるらしい。

すでに文乃は、全国紙の縮刷版やネットでの情報だけでなく、県の中央図書館に足を運び、地元で発行している新聞や、役所の印刷物などを通じて、小楷ダム建設当時の地元住民の様子なども調べていた。

ダム計画が決定した後は、補償目当てで移住してくる者がいたり、反対運動を起こす目的で左翼系政治団体のメンバーが住民票を小楷町に移すなどの多少の動きはあったものの、フィクションなどでよくある、立ち退きを巡る行政と地元住民との目に見える激しい対立のようなものは起こらなかった。折衝《せっしょう》は、主に補償に関する条件闘争が中心だったらしい。

小楷周辺は、かつてはとても貧しい集落だった。

上流部では紀元前九世紀頃の住居の遺構も発見されているが、それ以降は無人の時代が続いていたと考えられており、入植があったのは鎌倉時代の永仁《えいにん》年間（一二九三〜一二九九年）に入ってからだと言われている。

山間《やまあい》にあるため小楷地域の耕地面積は狭く、幕末期の記録から推察すると、一か村当たりの石《こく》高《だか》は二百八十石程度。これは全国平均の三分の二にも満たない。そのため耕作だけでは生活を賄《まかな》えず、古くから炭焼きが盛《さか》んに行われており、年貢も米ではなく炭を納めていた。

　また、いつ頃からかは不明だが、小楷地域では養蚕《ようさん》も盛んだった。明治に入り、エネルギーが木炭から石油やガスに取って代わられると、長く小楷地域を支えてきた炭焼きは次第に下火となり、それまでは一部の農家だけで行われていた養蚕が産業の中心となる。

　少なかった田畑は昭和の初め頃には全て桑畑になり、どの家でも蚕《かいこ》を飼うようになった。最初は各家庭で繭《まゆ》を糸に引いて生糸《きいと》にし、行商で売っていたらしいが、横浜《よこはま》から製糸工場が買い付けに来るようになると、繭のまま売られるようになった。

　ダム建設以前に一度だけ、小楷地域が全国的に注目される事件が起こったのは、この頃のことだ。

　一般的には「根《ね》ノ教《きょう》事件」と呼ばれているもので、大正期から昭和期にかけて、いくつか起こった、特別高等警察――いわゆる「特高」による宗教弾圧事件のうちの一つだ。

「根ノ教」は小楷出身の根元《ねもと》キクという人物によって起ち上げられたものだが、後に小楷町――当時は小楷村だったが――が生糸の原料を卸していた、横浜の製糸工場の経営者の息子がキクの娘婿《むすめむこ》に入ってからは、急速に勢力を大きくした。

　だが、教義の内容に国家神道《しんとう》と相容《あいい》れないものがあったり、海軍関係者に信者や支持者が多かったために、当時は内務省の管轄だった特高警察に目を付けられ、弾圧を受けたものだ。

　文乃は宗教的なことや政治的なことは詳しくないし興味もないが、荒木一夫に関することを書こうとするなら、その出身地であり作品の重要なモチーフとなっている小楷町の歴史について、まったく無視するわけにもいかない。

どちらかというと、地元ではあまり名誉な歴史ではないから、ビジターセンター内にある図書室に、それに関する資料が置いてあるかは微妙だが、もしかすると、文乃もまだ知らない小楷町の一面を知ることができるかもしれない。そんな期待もあった。


――これが、文乃が見て気絶したっていう絵か。

どうってことのない絵だ。『小楷分岐』とキャプションボードに書かれている絵を見た古河の感想は、その程度のものだった。

文乃は、この小楷ダムビジターセンターに入り、ざっと展示を見学すると、二階にある郷土資料コーナーに籠もってしまった。

たまの休みだから、文乃と過ごせるのは嬉しかったが、どうも一緒に行動していても、擦《す》れ違っているような感覚があった。

やはり、お互いの仕事の質が、あまりにも違うせいだろうか。大学時代に同じサークルで過ごしていた頃とは違い、社会人になってからは、価値観がどんどん離れている気がした。

文乃は昔から、サークルで製作していた自主映画の脚本を書いたり、シナリオをコンクールに送ったりして、書く仕事で食っていきたいという意志があった。自分は何となく、今の仕事に就いているだけだ。世間的には、安定した仕事に就いている古河の方が、専業で食えているわけでもないフリーライターの文乃よりもきちんと地に足が着いているように見えるのだろうが、どうも古河の方が負い目を感じている。

何となく、文筆業で成功したら、文乃は自分を捨てて一人で羽ばたいて行ってしまいそうな気がしていた。文乃が自分と結婚の約束をしているのも、上手く行かなかった時の保険のつもりなのかもしれない。文乃が一人でやっていけるようになったら、自分は必要なくなるのではないだろうか。

このビジターセンターは、いかにもという感じの箱物行政施設だった。小楷ダムの工法や仕組み。水源としての役割。小楷周辺の自然や動植物の紹介。湖に沈んでいる小楷町の歴史についてのパネル展示。

退屈なものを作れと上から指示が出ているのではないかというくらいに退屈な展示の数々。それらをゆっくりと見て回っても、一周で三十分もかからない。

古河と文乃の他に、客は一人もいなかった。年輩の女性が受付に一人座っているだけである。『小楷分岐』の絵の前で失神した客について、文乃はこの受付の職員に何か聞き出そうとしていたが要領を得ず、そちらは空振りに終わったらしい。

その荒木一夫が描いた絵の正面は、ちょうど休憩スペースになっており、腰掛けられるようになっていた。古河は煙草は吸わないが、館内は喫煙だけでなく飲食も禁止で、『小楷分岐』の前のベンチに座っても、ぼんやりと絵を見つめている他にはやることがない。

荒木一夫による作品は、聞いていた通りの緻密で写実的な絵だった。それが記憶によってのみ描かれたものだと考えると確かにすごいとは思うが、やはり古河にとっては、ただの「上手な絵」以上でも以下でもない。文乃を含めた何人もが、鑑賞中に倒れたというような鬼気迫るものは何も感じられなかった。まあ、文乃自身も、何でこの絵の前で倒れたのか、理由はわかっていないようではあったが。

古河はスマホを取り出してあれこれいじって時間を潰《つぶ》そうとしたが、それもすぐに飽きてしまった。こんなことなら、文庫本の一冊も持ってくれば良かった。

時計を見ると、少し待っていてと言い置いて文乃が図書室に入ってから、もう一時間ほどが経とうとしていた。

とんだデートだ。文乃が男で、自分が女だったら、怒って帰っていてもおかしくない。

仕方がないので、文乃にひと言断って先に車に戻り、昼寝でもすることにした。

古河は立ち上がると、建物の隅にある階段を二階へと上がった。

二階は半分が図書室になっており、半分が施設の事務所になっていた。

小楷地域に関連した郷土資料が集められているという図書室は、ざっと見たところ蔵書数は千冊にも満たないだろう。貴重なものや古い資料などは閉架になっており、申請して出してもらわなければならないようだ。

図書室に併設された閲覧コーナーにも人気はなかった。広い机が二つあり、それぞれ六脚ずつ椅子が並べられていたが、座っているのは文乃だけだった。十数冊も資料を積み上げ、ノートパソコンを開いて熱心に資料を見ている。

「文乃」

古河が声を掛けると、文乃が顔を上げた。普段は使わない眼鏡を掛けている。

「あっ、ごめん。待たせちゃった？」

今、古河の存在を思い出したというような口調だった。

「いや、別に気が済むまで調べていてくれていいけど、僕はちょっと車に戻っていようかと思って……」

「申し訳ない。思っていたよりも蔵書が充実していて……」

そう言って文乃は顔の前で手を合わせて、済まなそうに眉尻を下げる。こういう表情を浮かべると、どこか可愛らしいところもあった。

「閉館時間は午後五時のようだよ」

壁に掛けられた時計を見上げながら、古河は言う。もう時刻は四時を回っていた。

「ぎりぎりまでやっていていいけど、時間が足りなかったら、また改めて来てもいいよ」

「うん。ありがとう」

文乃は資料の気になるページや、奥付などをスマホのカメラで撮影している。後で同じ資料を古書店などで手に入れるつもりなのだろう。

古河はひと先《ま》ず文乃の正面に腰掛け、積み上げられている資料のうちの一冊を、何となく手にした。

『大正昭和期小楷村に於《お》ける根ノ教への宗教弾圧についての考察』という、長ったらしいタイトルの書物だ。版元は県下にある大学の出版局で、並製のオフセット印刷。おそらく少部数の論文の類いだろう。

暇潰しには不向きそうな本だったが、それをパラパラと捲《めく》って字面を追っていた古河の手が止まった。

ツキノネ。

そう書かれた一節が目に飛び込んできたからだ。

前後のページを見てみると、その言葉は頻繁《ひんぱん》に文中に出てくるようだ。目次や注釈にも目を通すと、それはどうやら小楷町にかつてあった信仰のご神体というか、生き神のようなものだったらしい。

文章が中心で、グラフや図解などの他は、口絵や写真の類いは殆どない本だったが、そのうちの一枚が古河の目を引いた。

どこかの社《やしろ》のような場所で、上座には白装束の少女。礼服のようなものを着た大人が、その少女に向かって、恭《うやうや》しくひれ伏しているという構図だ。

古いモノクロ写真なので粒子も粗《あら》く、それぞれの人相や表情までは読み取れない。キャプションには、『根ノ教信者による撮影。一九二四年』とある。地元新聞に掲載された写真のようだ。

「なあ」

本から視線を上げ、古河は文乃に話し掛ける。

忙しそうにしていた文乃が、眼鏡のツルを手で摘《つ》まんで少し上げながら答える。

「ん？　どうしたの」

「ここに書いてある『ツキノネ』って何?」

写真が載っているページを開いたまま、古河はそれを文乃に差し出す。

「ああ……」

それを受け取りながら、文乃は声を漏らした。

「私もまだそんなに詳しくは知らないんだけど……昭和初期にあった『根ノ教事件』って知らない?」

「うーん、聞いたことがあるような、ないような……」

古河は首を捻《ひね》る。

「『ツキノネ』っていうのは私も初めて聞くけど、その宗教に関連したものみたいね」

古河から受け取った冊子のページを繰りながら文乃が言う。さほど深い興味はなさそうな感じだった。

「何か怪しげな新興宗教みたいなの?」

「新興宗教というよりは、土着信仰みたいなものなんじゃないかなあ……。それを宗教化した根元っていう人がいて、当時の国策絡みで弾圧を受けて消えた。そんな感じだったと思うけど」

あまり自信がなさそうな口調からすると、文乃もよくは把握していないようだ。

「消えたんだ?」

「うん。たぶんね。でも、何でそこに啓介さんが食いつくの?」

不思議そうな表情で文乃が言う。確かに、妙に思われてもおかしくはない。

「いや、何となくね」

もちろん、動画サイトで「ツキノネ」を名乗っていた弥生のことが頭に思い浮かんだからだ。だが、児童養護施設の職員には守秘義務があるので、たとえ婚約者であったとしても、軽々しく外部の人間に話すわけにはいかない。

「小楷町って、調べれば調べるほど面白いところね」

「へえ、他にも何かあるの」

「私が子供の頃にキャンプした河原だけど……」

「さっき言ってた夷狄河原？」

「うん。幕末の一時期だけ、観光地として脚光を浴びたことがあるみたい」

役場が発行している郷土資料らしきものを指し示しながら文乃が言う。

「お客さんの中心は、横浜の居留地に住んでいた外国人たち」

「そりゃまた何で」

「当時の幕府の政策で、居留地に住む外国人は、半径十里までしか外出が許されなかったのよ。小楷峡谷はぎりぎりその範囲内。だから、避暑地として人気が出たみたいね。外国人向けの異人館もあって、河原で泳いだり……」

古河が渡したのとは別の資料を手にし、文乃がそれを示す。そこには確かに、河原で涼んでいる日傘を差した洋装の婦人や、肘《ひじ》と膝までの丈《たけ》がある昔ながらの水泳着を着た外国人たちの姿を写したスナップ写真が載っていた。

幕末の頃の話なら、「夷狄」という外国人に対して敵意の感じられる名前が付けられているのも何となく納得がいく。

「その観光地ブームも、明治初期には一気に下火になって、元の何もない町に戻った」

「どうして？」

「たぶん、外国人居留地の外出制限がなくなったからよ。どこにでも好きに出掛けられるようになったら、わざわざ行くほどの場所ではなくなった。それだけのことじゃないかな」

古河は頷く。宗教事件といい、一過性の観光地ブームといい、そしてダム建設といい、外部からの影響に翻弄《ほんろう》され続けた、山間の素朴な集落のイメージが思い浮かぶ。

「じゃあ、僕は車に戻ってるよ」

「うん、わかった。ああ、それから……」

椅子から立ち上がった古河に向かって、思い付いたように文乃が言う。

「この、旧小楷町の地図、下の受付のところで地元資料として売っているみたいだから、買っておいてもらえないかな。立て替えておいてもらえたら、後で払うから」

「いいよ」

資料の傍らに広げている、A２判くらいの大きさの地図だ。お土産用に役所か何かで作って売っているのだろう。

「領収書、もらっておいてね」

「はいはい」

そう返事をし、古河は図書室を出ると、階下へと降りた。

受付に行こうとし、ふと、ぞくりとするような視線を感じて振り向く。

だが、そこには、先ほどもずっと見ていた、『小楷分岐』の絵が飾られているだけだった。

7

着替えを終え、使っていたヘアキャップとマスクを廃棄カゴに放り込むと、荒木一夫はロッカールームを出てパート従業員用の休憩室に入った。

朝日の眩《まぶ》しさに、夜勤明けの荒木は思わず目を細める。窓がなく、時間の経過を感じにくい工場内とは違い、休憩室には外からの日射しが十分に入り込んでいて明るかった。

時計を見ると、午前八時だった。あと一時間ほどすれば、日勤のパート従業員や、日雇いのアルバイトたちが出勤してくる時間だ。

荒木は夜勤は嫌いではない。独身で誰とも同居しておらず、家に籠もって絵を描く以外に、用事といえば月に一度、大学の脳神経内科学の研究室に経過の報告に行くことくらいしかない。むしろ夜勤は少しだけ時給が高いのでありがたいとも思っている。

だが、荒木が何よりも気に入っていたのは、夜勤明けの、朝日が射し込むこの休憩室でのひと時だった。

壁際には、番重《ばんじゅう》と呼ばれるプラスチック製のケースに入ったパンが並んでいる。いずれも工程の最後のチェックで弾《はじ》かれたものだ。

焦げムラがあるもの、袋の中でクリームやソースがこぼれて汚れているものなど、食べる上では特に問題はないが商品にならないパンが、従業員たちが無料で自由に食べられるようになっている。

番重の中にあるパンから、荒木は「ナポリタンロール」と「ツナレタスサンド」、それから同じ工場内にある製菓ラインで作られている「いちご大福」を選んで、トレーに載せた。

さすがに工場の外に廃棄パンを持ち出すのは禁止されているので、勿体《もったい》ないが他のものは我慢する。従業員たちに無料で振る舞っても、ここにあるパンの殆どは半日もすれば廃棄となる。

昨夜は一晩中、煮えたぎった油の入ったフライヤーの近くで作業をしていたので、鼻の奥に食用油の匂いがこびり付いてしまい、たくさん残っているドーナツや揚げパンは、見ただけでげっぷが出そうだった。

袋に入ったパンと和菓子を抱えて休憩用のテーブルに置くと、荒木は休憩室の隅にある自販機でドリップコーヒーを買った。

夜勤明けは、必ずここでゆっくりと時間をかけてパンで朝食を摂る。

その時間を、荒木は贅沢《ぜいたく》なものだと感じていた。

小楷ダム本体の建設工事が始まる以前のことだが、荒木が住んでいた鬼怒という集落の一角で深層崩壊の事故があった。

当時、荒木はまだ十歳ばかりの子供で、被害に遭って亡くなった八名のうち、二人は荒木の両親だった。

　どうも荒木は、その前後の記憶が曖昧になっている。

　災害が起こった日のことはよく覚えていないし、救助された時の記憶も、入院していた時のことも思い出せない。大学の研究室を紹介してくれた精神科クリニックの医者は、解離性健忘《けんぼう》の症状なのではないかと言っていた。

　事故で両親を失った荒木は、東京に住んでいた遠縁の親戚に引き取られていった。

　その家もあまり裕福だったわけではなく、荒木よりも年下の子供が二人いて、荒木自身も、つらく当たられたわけではなかったが、ずっと遠慮して暮らしていくことになった。

　経済的な余裕はなく、下の子供二人の将来のため、荒木は公立中学校を卒業すると、すぐに家を出て働くことになった。最初のうちは夜学にも通っていたが、すぐに辞めてしまった。それからいくつもの職業を転々としている。

　荒木の頭の中にある「小楷町」に姿を現す少女が何者なのか、荒木は思い出せない。ただ、どこか暗い場所で、かなり長い間、二人きりで過ごしていたことは覚えている。

　通っていた小学校にいた子ではないし、近所に住んでいた子でもなかった。

　大学の研究室でそのことを話したこともあるが、今となっては、そんな少女が実際に存在していたのかどうかも荒木は自信がなくなってきている。

　荒木自身のトラウマに端を発する、観念的な、または象徴的な何かなのかもしれないと思っていたが、そんな矢先に、荒木の絵の鑑賞中に失神した、あの大塚文乃という女性のことを大学の職員から聞いた。

パンを頬張りながらそんなことを考えていると、休憩室にパートらしきおばさんたち三人連れが入ってきた。おそらく日勤前に、無料パンで朝食を摂りに来たのだろう。続けて日雇いアルバイトと思われる若い男も入ってくる。こちらは欠伸《あくび》をしているから、荒木と同じ夜勤明けか。

このパン工場で働き始めてから三か月ほどになるが、荒木は誰かと親しく言葉を交わしたことはなかった。

毎日同じ時間帯に同じラインで働いているわけではないから、仲良くなろうにも、同じ人と顔を合わせることも稀《まれ》なのだ。せいぜい、各ラインの担当者と言葉を交わすくらいだが、それも仕事の指示や確認で、会話と言えるようなものではなかった。

ナポリタンの挟まったロールパンを、温かいブラックコーヒーで喉の奥に流し込みながら、荒木は、あの大塚文乃という女性のことを思い出す。

あんな風に、荒木を一人の人格として話してくれた女性は、久しぶりだった。

もちろん、こちらを取材対象としているから、その興味からなのだろうが、それでも嬉しい気持ちがあった。不思議だった。テレビのドキュメンタリーの取材を受けた時も、こんな気持ちには一度もならなかった。

あの文乃という女性と、できればもう少し話をしてみたいと思った。絵に関することや、小楷町に関することではなく、普通に世間話をしたり、軽い冗談を言い合って笑ったり、そんな風に接している場面を思い浮かべる。もしかすると、荒木自身が思っている以上に、自分は友達とか、そういう存在に飢《う》えているのかもしれない。

だが、と荒木は考える。

きっと彼女も、取材を終え、本を書き終わるなりして用が済んだら、荒木のことなどどうでも良くなり、離れて行くのだろう。そう思った。だが、それで当たり前なのだ。

「荒木いる？」

急に声が聞こえ、荒木は顔を上げた。

見ると、休憩室の入口に、ライン主任の社員が立っている。文乃と工場の前にあるファミレスで話をしていた時にも姿を現した男だ。

「お、いたいた。捕まえたっと」

荒木の姿を見つけると、その茶髪の社員の男は、口元に笑いを浮かべて近寄ってきた。そしてパンを食べている荒木の背後から、馴《な》れ馴れしく寄り掛かるように肩を組んできた。

「悪いんだけどさ、このまま続けて日勤出られる？」

これが初めてではなかったから、何となく、そんなことだろうとは予感していた。きっとパートかアルバイトから突然の休みの電話でも入って、ラインに欠員が出たのだろう。よくあることだ。

「連勤は規則で禁止になっていますよね」

言っても無駄なのはわかっていたが、ひと先ず荒木は口にしてみた。

だが、男はそれを荒木が口答えしたようにでも感じたのか、途端にむっとした不機嫌そうな表情を浮かべた。荒木の肩に回された腕に、脅《おど》すように力が入る。

「何か用事でもあるの？　ないだろ」

「ええ、まあ……」

休憩室にいる他のパートやアルバイトの従業員は、こちらに目を向けようともしない。

「だったらいいじゃん。ほら、お前、何も考えていないっぽいし、単純作業、得意だろ」

最後のひと言は、荒木の態度への当てつけの冗談めかした嫌味だろう。この男は、こういう笑うに笑えず、怒るに怒れない微妙な言い回しをするのに長《た》けていた。きっと学生時代からこの調子なのだろう。

荒木が曖昧に笑っているのを、連勤を承諾したものと考えたのか、男は離れ際に軽く荒木の肩を叩きながら言った。

「じゃ、頼むわ。九時に朝礼だから、さっさと食べて戻ってね」

そして、荒木が何か言おうとする前に、男は休憩室を出て行く。

荒木は溜息をつく。仕事は好きでも嫌いでもない。作業内容によっては気が狂うかと思うような退屈な単純作業も、言われたように自分には性に合っているのか、さほど苦痛に感じたこともない。

ただ、荒木が残念に思ったのは、作業中ずっと楽しみにしていた、朝のこのゆっくりとしたひと時を、急《せ》かすようにして奪われたことだった。

「ツキノネってさあ、本当に学校行ったことなかったの」

「私、ツキノネじゃないし。弥生だし」

少し先を歩いて行く弥生は、どうやら道に引かれている路側帯の白線に沿って歩くのに集中しているようだった。

徳田騎士は、弥生を追い越さないようにゆっくりとその後ろを歩いて行く。

ついこの間まで、弥生の登下校には、「緑梓園」の職員が付き添っていたが、今はいない。ただ、児童指導員の古河から、帰ってくる時はなるべく一緒にと、同じ学年の騎士が頼まれていた。

弥生が背負っているピンク色のランドセルは、学年に似合わず、新一年生のようにピカピカだった。児童養護施設に、毎年、どこからか寄付され、数が多すぎて余っていたものを、古河が物置から引っ張り出してきたものだ。

「だったら何で俺よりも勉強できるのさ。テストの点もいいし」

「私が勉強できるのではなく、騎士が阿呆《あほ》なのです」

くるっと振り向いて、弥生が言う。表情に冗談めかしたところはない。

「てめー」

返事に困って、騎士は苦笑いを浮かべた。

「ツキノネって名前、自分で考えたの？」

弥生は無戸籍児なので、戸籍名がない。ネット上で弥生が名乗っていた「ツキノネ」というのは、ただのチャンネル登録名だ。

「ツキノネって、人の名前じゃないし。そう呼ばれていただけだし」

時々、弥生はこういう意味のわからないことを言う。

「弥生って名前、私はけっこう気に入ってます」

弥生と一緒に住んでいた老夫婦の殺害事件があってから、ネット上にあった「ツキノネちゃんねる」の動画は、普通に検索できる範囲では全てが削除されてしまったが、騎士は事件が起こる以前に、一度だけそれを見たことがあった。

小学校のパソコン室で、何人かと一緒に、当時、子供たちの間で人気があった動画投稿者のチャンネルを見ていた時のことだ。

ネタ動画をいろいろと見ているうちに、「おすすめ動画」のところに、自分たちと同じくらいの年頃の少女のサムネイルが現れた。

最初、騎士はごく単純に、すごく可愛い子だと思った。ピンク色のジャージを着て、鼻から下は大きなマスクで覆って隠していたが、その大きな瞳は、美少女であることを窺わせた。

だが、動画でのツキノネは、何だか難しいことを画面に向かって黙々と語っているだけで、騎士には理解できず、ほんの三十秒くらい再生したところで、つまんないから他の動画を見ようと、マウスを握った友達の手でスキップされてしまった。

でも、その短い瞬間は、騎士に深い印象を与えた。

あり得ないことだが、画面の向こうから、そのツキノネという少女が、直接、騎士に話しかけているような気がしたからだ。

「近道しませんか」

ふと、弥生が足を止め、そんなことを言い出した。

道沿いに石垣と柵が並んでおり、その切れ目が私道の入口になっていた。柵の向こう側は霊園で、そこそこの広さがあり、ぐるりと外周を歩くと四、五分かかるが、中に入って横切ってしまえば、一分足らずで反対側の道路に出られる。

お寺の敷地なので、一応、関係者以外は通り抜け禁止になっているが、特に誰かが見張っているわけでもなく、霊園の中央を貫く通路は、地元の人が普通に歩いたり自転車を乗り入れたりして、生活道路として使われていた。

「でも、決められた通学路を使わないと、怒られるよ」

案外、騎士はこういうところは真面目《まじめ》だった。朝の登校で遅刻しそうになった時に数回、使ったことがあるだけで、普段はきちんと外周を迂回《うかい》して施設に帰っている。

「前から、何でこっちを歩かないのか不思議だったのです」

そう言うと、弥生はさっさと霊園の中に足を踏み入れた。

「本当は駄目なんだぜ」

その後ろに付いて歩きながら、騎士は苦言を呈《てい》した。この近道を使ったことで学校や施設にクレームが来たという話は聞いたことがないが、ちょっと不安だ。

「何で駄目なんですか」

振り向きながら弥生が問うてくる。そう聞かれると、なかなか説明が難しい。

「駄目だから駄目なんだよ。人の土地だし」

「ふうん」

そう言って弥生は辺りを見回す。

「死んでいる人たちの？」

「ていうか、お寺の」

唇を尖《とが》らせて騎士は言った。何だか面倒くさい子だ。

日中の明るい時間なので、苔《こけ》むした古い墓石や、墨字で何か書かれた木の札が目に入っても、大して不気味さは感じないが、暗くなると外灯もなく、ちょっと足を踏み入れるのを躊躇《ちゅうちょ》するような場所だ。そういえば、暗がりで痴漢が出たり、ここで連れ去りの未遂があったという噂もあった。

弥生がいちいち墓石の前で足を止め、そこに書かれている字を読もうとしたり、墓前に供えられている萎《しお》れた花やワンカップの日本酒などに興味を示すので、なかなか前に進まず、騎士は少し苛々《いらいら》してくる。

「早く行こうぜ、ツキノネ」

「だからツキノネじゃないです。弥生です」

しゃがみ込んで、墓石の表面を這っているコガネムシを見ていた弥生が振り向き、騎士を見つめる。

「お前はいいよな。簡単に名前を変えてもらえて。俺も名前変えてえよ」

頭の後ろに両手を回し、溜息とともに騎士は言う。

「どうしてですか。騎士って名前、格好いいじゃないですか」

「マジかよ。俺、名前では結構苦労しているんだぜ」

こんな風に言われたのは初めてだったので、騎士は面喰《めんく》らった。弥生が気を遣って言っているようにも思えない。

自分の名前の「ないと」という響きは、さほど苦手ではなかったが、「騎士」という当て字は嫌だった。

今通っている小学校に転入した時も、自己紹介で笑われて、それが原因で喧嘩になったりもした。初めて会う人に、どんな字を書くのか説明するのが本当に嫌だった。大人はさすがに騎士の名前を聞いて笑うことはないが、冗談だと受け取られたり、何度も確認されたり、同情されるのが億劫《おっくう》だった。

だが、格好いいと言われたのは初めてだ。弥生の言葉には嘘がないように感じられる。

「本当にそう思う?」

「うん」

弥生がこくりと頷く。

騎士はよく、お母さんがこの名前を自分に付けてくれた時は、どんな気持ちだったのだろうかと考える。自分が生まれた時は、本当に白馬に乗った騎士がやってきたようにお母さんは思ってくれたのだろうか。それが何でこんな風になってしまったのだろう。

「そういえばさあ」

感傷的な気持ちを吹き飛ばすため、必要以上に大きな声で騎士は言った。

「夏キャンプの場所、決まったらしいぜ」

「キャンプ？」

再び歩き出した弥生が、きょとんとした顔をして問い返す。

「一時帰宅のない子は、毎年行ってるんだよ。俺は海キャンプが良かったんだけどなあ」

弥生は帰宅先がないから、ほぼ間違いなくキャンプ組だ。

一方の騎士も、この分だとお盆の一時帰宅はできないのではないかと、半ば諦めていた。

「それは楽しみです」

「そうか？　かったるいだけだぜ。今年は古河のお兄さんが引率係やるらしくて、何とかダムっていうところに行くんだってさ」

キャンプには施設職員の有志や、ボランティアの学生など何人かが同行するが、毎年、誰かが引率係として企画を立てる。

どうやら古河は、その何とかダムに、私用で何度か足を運んだことがあって、周辺の道路事情や観光地などに土地勘が働くらしく、今年のキャンプ地はそこに決定したらしい。

「古河のお兄さんも一緒なのですか」

急に弥生が、少しキーが上がったような弾んだ声を出した。

「そりゃそうだよ。子供だけなわけがないじゃん」

そんな弥生の反応に、少し驚きながら騎士は言う。

「おおー、キャンプー！」

弥生は叫ぶようにそう言うと、急に走り出した。

「待てよ、おい」

霊園を抜ければ、あとは施設まではすぐだ。

弥生は勉強はできるくせに、行動はまったく低学年の女の子みたいだった。

8

日勤明けの午後七時、勤め先の工場から歩いて十五分ほどのところにあるアパートに戻ると、荒木一夫はポケットから鍵を取り出し、ドアノブに差し込んだ。

手に提《さ》げたコンビニの袋を玄関の上がり口のところに置いて電気を点《つ》ける。

六畳と四畳半の二間に、狭いダイニングキッチン、それから風呂とトイレが一緒のユニットバスがついた木造のアパート。もう十年以上もここに住んでいる。

土間で靴を脱ぎ、荒木は部屋に上がり込んだ。八時間近く立ちっ放しだったから、すっかり足が浮腫《むく》んでいた。

明日はまた朝九時から日勤だったから、すぐに休みたかったが、気持ちを奮《ふる》い立たせて、少し絵を描くことにした。風呂に入って体が温まると、眠くなってしまう。

脳も所詮は肉体の一部だ。単純作業や肉体労働にばかり従事してきた荒木は、つくづくそう感じる時がある。体の疲れは脳を鈍らせ、他のあらゆることを行う意志を奪う。

コンビニで買ってきた弁当を電子レンジに入れて温め、荒木は四畳半の部屋に入った。玄関から見ると、手前に四畳半、襖《ふすま》を挟んでその奥に六畳間がある。

食事をするのも寝るのも四畳半の方で、生活の殆どはそちらだけで済んでしまう。元々、物が少ない質《たち》なので、絵を描き始める以前は部屋の広さを持て余していたくらいだ。

今は、奥の六畳はアトリエ代わりに使っていた。襖の開け放たれたそちら側には、何枚かのイラストボードやデッサン帳が部屋の隅に片付けられていた。荒木は一枚の絵を集中して描き、それが完成すると次の絵に取り掛かるというスタイルだった。基本的には鉛筆でのデッサンか水彩画である。今でこそ透明水彩などの画材も使っているが、元々、芸術とか職業的な意味で絵を描いていているわけではないので、道具は何でも良かった。最近は人から勧められてボードに描くようになったが、最初の頃は、それこそチラシの裏側などに描いていたのだ。

以前は描き上がったら、その都度、資源ゴミの日に雑誌などと一緒に出して処分していたが、あるきっかけで担当する医師に見せてからは、研究用に引き取ってくれるようになった。

今、荒木が描いているのは、小楷町の「蔟《まぶし》」と呼ばれていた地域にあった神社の絵だった。普段はあまり人気のない場所で、子供の頃によく遊んだ場所だった。

小楷町の外れにあった山の斜面に、張り付くように拓《ひら》かれていた境内《けいだい》へは、くねくねと何度も折り返している二百段以上もある石段を上って行く。お年寄りにはきつい高さと傾斜だったから、「七曲《ななま》がり」と呼ばれていたその石段の途中にはいくつも踊り場があり、休憩するための休《やすみ》石《いし》などがあった。

蔟の集落にあった神社だから、子供たちからは蔟神社と呼ばれていた。蔟というのは養蚕に使う道具で、蚕に繭を作らせるため、木や紙や藁《わら》などで作られた仕切りのことらしい。

荒木が生まれた頃にはもうすっかり廃《すた》れていたが、昭和の初期頃までは小楷周辺ではどの家も養蚕を営んでおり、けして広くはない耕地の殆どは桑畑だったと聞いていた。

蔟神社は、繭から生糸を取る際に煮殺される蚕の蛹《さなぎ》の供養のために勧請《かんじょう》されたものだと聞いたことがあったが、社と、それに至る石段は、何百年も前からそこにあったとも聞いていた。どちらが本当なのかは荒木も知らない。

荒木は温めたコンビニ弁当と、熱湯を注いだインスタント味噌汁、それにペットボトルのお茶をテーブルの上に並べると、すっかり食べ飽きているそれらを黙々と何かの作業のように口に運んだ。

味気ない食事だった。子供の頃、まだ小楷町に家族と住んでいた頃を最後に、荒木は食事時の団欒《だんらん》のようなものを感じたことがない。親戚の家を出てからも、一人きりで摂る食事はつまらなかった。

食事を終え、ゆっくりと煙草を吹かしているうちに、荒木の頭には文乃の顔が思い浮かんできた。たった一度、会ったことがあるだけの相手が、こんなにも気になるのは、どういったわけだろう。

この年齢になるまで、荒木は女性と付き合ったことが一度もない。職場で出会った女性と親しくなったり、仕事上必要なこと以外の言葉を交わした記憶も殆どない。それどころか、友人といえる相手は、男女関係なく一人もいなかった。

今までは寂しいとも虚《むな》しいとも感じたことがなかったが、文乃に会ってからは、そのことが身につまされるようになった。これはどういう心境の変化なのだろうか。

テーブルの上にある灰皿で煙草を揉み消すと、荒木は空になった弁当のプラスチック容器を流しで軽く洗い、気分を入れ替えた。

イラストボードを抱えるようにして六畳間の真ん中に胡坐《あぐら》を掻いて座り、瞼を閉じてじっと小楷町の風景を思い浮かべる。

以前は奔流《ほんりゅう》のように溢《あふ》れ出てくる町のイメージを自分でも制御できず、仕事中に手が止まって立ち尽くしてしまったり、気分が悪くなって道端に蹲《うずくま》ったり、酷《ひど》い時は痙攣や失神などの、てんかん様発作が出たりすることもあったが、絵を描くようになってからは、治療の効果が出ているのか、自分で上手くコントロールできるようになっていた。

頭の中に、小楷町の町並みや田園風景が、次々と起ち上がっていくのを荒木は感じた。

ぼんやりと思い出されてくるとか、徐々に風景が浮かび上がってくるという感じとは少し異なっている。喩《たと》えるなら、建築用の図面から描線が立体的に起ち上がり、表面にテクスチャが貼られていくような感覚だった。

やがて小楷町がすっかりその姿を現すと、荒木はうっすらと瞼を開いた。

小楷町を走るメインストリートである県道の真ん中に、荒木は座っていた。

風が荒木の頬《ほお》を撫《な》で、土の匂いを運んでくる。

ゆっくりと荒木は辺りを見回す。いつもながら妙な気分だった。自分が寝ているのか起きているのかもよくわからない。

この感覚を人に伝えるのは難しかった。荒木を担当する医師や、研究対象にしている脳神経内科学の先生は、荒木が、そういう自分を客観的に頭の中に思い浮かべているものなのだと考えているようだったが、荒木としては、自分の頭の中の小楷町を、主観として歩き回っている感覚なのだ。だが、自分の頭の中を歩き回っているとなると、自分の実体はどこにあるのか、どうも矛盾した感覚に陥《おちい》る。

荒木は立ち上がった。蔟神社へは、この県道を真っ直ぐ歩いて行き、小楷分岐を曲がって、町外れまで歩かなくてはならない。

町中には相変わらず人の気配も、生きて動くものの姿もなかった。

荒木は空を見上げる。よく晴れていた。太陽は天辺の位置まで昇っている。蒸し暑く、ほんの少し歩いただけで汗が滲《にじ》んでくる。夏のような陽気だ。

やがて小楷分岐に辿り着いた。雑貨屋の「桑田商店」の店先には、荒木のバイト先である製パン会社の赤い看板が付いていた。思わず荒木は苦笑いを浮かべる。

店先から中を覗《のぞ》いてみても、やはり店主の姿はなかった。小さい頃に荒木がこのお店に通っていた時には、七十年輩のお婆さんと、おそらくその娘である四十代くらいの女の人のいずれかがレジに立っていた。あの二人、今はどうしているのだろう。もうこの世にはいないのだろうか。

荒木は店の中に足を踏み入れる。棚にはパンや菓子の袋、カップラーメンなどが並んでいる。他には洗剤や歯磨き粉、トイレットペーパーなどの生活雑貨も置いてあった。

それらの棚の前に立って、初めて荒木は自分の視線の位置が低くなっていることに気づいた。足下を見下ろすと、荒木は半ズボンに、アディダスの運動靴を履いていた。小楷町に住んでいた十歳くらいの頃の姿に、自分は戻っているようだった。

店の隅にはアイスクリームの冷凍ショーケースが置いてあった。荒木は、よくこのお店で十円のガムやチョコレート、二十円のチューペットやたまごアイスを買って食べた。ふと懐かしくなり、冷蔵庫のガラスの蓋《ふた》を横にスライドさせて、中を覗き込む。冷気とともに白い靄《もや》が上がってきた。どこからか電気は通じているらしい。

荒木は手を伸ばし、よく冷えたオレンジ色のチューペットを取り出すと蓋を閉めた。ポケットを探ると小銭があったので、無人のレジカウンターに二十円を置いて表に出る。

前歯で吸い口を噛《か》み千切《ちぎ》りながら、荒木は小楷分岐を蔟神社の方向へと歩き始めた。

県道はアスファルト舗装だが、分岐から離れて暫くするとコンクリート舗装になり、やがて地面を突き固めて砂利を敷いただけの道となった。

道の片側は、ごく面積の小さな水田になっている。納屋があり、トラクターが停まっているのが見えた。

緩やかな登り坂になっている道は、やがて小規模な谷間に差し掛かった。急斜面に張り付くように、いくつかの家屋が建っている。それらは、かつて深層崩壊によって崩れ落ちた家々だった。

そのうちの一つ、茶色いスレート葺きの文化住宅が、荒木の生まれ育った家だった。下方の道から見上げると、二階の窓が開いている。自分の勉強部屋の窓だ。開けっ放しになっており、白いレースのカーテンが風で揺れているのが見えた。

道は緩やかにカーブし、やがて切り通しの道となった。ワッフルのような形状をした、土砂崩れ防止のためのコンクリート壁で斜面が覆われている。これも実際の災害の時は、何の役にも立たなかった。

やがて荒木は、斜面を登っていく石段の入口に辿り着いた。小楷町では「一《いち》ノ鳥居《とりい》」と呼ばれていたコンクリート造の鳥居が建っている。

石段は昔のままに斜面を折り返しながら社へと続いており、後から設置された鉄製の手摺りが巡らされていた。塗り固められた擁壁《ようへき》には、ところどころに水抜きの塩ビ管の先端が飛び出しており、ちょろちょろと水が流れ落ちている。

途中途中、折り返しの踊り場にある休石に腰掛けて休みながら、荒木は足を滑らせないように、慎重に石段を上って行く。

やっとの思いで社の入口に建っている朱の鳥居に至ると、百坪ほどの広さの小さな境内に辿り着いた。

入口近くには小さな手水所《ちょうずどころ》があり、ごく短い参道の奥には社殿が建っていた。建てられてから数十年程度の、神社としてはごく新しい建物だ。脇には社務所と倉庫を兼ねたような平屋建てのプレハブ小屋もある。

社殿を迂回し、荒木はその裏手へと足を向ける。

そこは切り立った崖になっており、岩屋があった。蔟神社の本宮はその中にあり、手前にある社殿はただの拝殿なのだと荒木は聞いたことがある。

年に一度の「お月待ち」と呼ばれる町内会の会合で、荒木の家が「ウケモチ」となった時に聞いたのだ。せっせとご馳走《ちそう》をつくる近所の老婆や主婦たちが、台所に立ちながらそんな話をしていた。

お月待ちの時には、椀飯《おうばん》が振る舞われ、山で獲《と》れた獣の肉、そして何故か鯖《さば》とか鯵《あじ》とかの海の魚を食うのが決まりになっていた。きっと昔は貧しい村だったから、遠くから来る海の幸が最高のご馳走だったのだろう。よく覚えているのは、それらのご馳走は、必ず「ウケモチ」の家の女がひと通り箸《はし》を付けてから、みんなでいただくことになっていた。昔は口に一度入れたものを皿に戻していたというから、変な決まりだなと思ったのを覚えている。

蔟神社の岩屋の入口には、岩盤に穴を穿《うが》って柱や梁《はり》が通され、瓦葺《かわらぶ》きの庇が付いた、立派な扉があった。ちょうど、土蔵の入口のような感じの扉だ。

その入口の傍らには、案内のプレートが立っていた。

荒木自身が、その内容についてよく覚えているわけではなかったが、頭の中の小楷町は、こんな細かいところまで余さず再現されている。

案内によると、その岩屋は「風穴《ふうけつ》」と呼ばれており、最奥には神社の本宮があるが、長らく蚕《さん》種紙《しゅし》の保存庫として使われていたらしい。蚕の卵が、びっしりと産み付けられた紙のことだ。

養蚕に使われる蚕の孵化《ふか》は普通、春先から六月頃までだが、冷蔵庫のなかった時代、年に何度か繭を取るために、卵を涼しい岩屋の奥に保存して、孵化の時期をずらす目的で使われていたものだ。案内板にはそう書いてある。

だが、こんなふうに厳重に扉などを作ったのは、幕末だか明治だかの頃に、勝手に岩屋の奥まで入って中を荒らした居留地からの外国人観光客がいたからだと、荒木は聞いたことがあった。

もちろん、荒木が子供だった頃には、小楷町では養蚕自体が行われていなかったので、保存庫としてはもう使われていなかった。

正面の扉は、大きな錠前で厳重に戸締まりがされていたが、通気のためか、地面との間には二十センチほどの隙間があった。大人ではとても潜《もぐ》り込めないが、荒木のような痩《や》せた子供なら、服が汚れるのを構わなければ簡単にすり抜けられる。

それを知ったのは、荒木が小学校三年生か四年生の時だった。秘密の隠れ家のような気分で、蠟燭《ろうそく》や懐中電灯などと一緒に、漫画やお菓子などを持ち込んで、よく一人で出入りしていた。

荒木は辺りを見回す。人目は感じられなかったが、やはり禁を破っている後ろめたさは拭《ぬぐ》えなかった。

腹這いになり、荒木は扉の下の隙間から中に入った。

岩屋の中にある通路は、奥に向かって緩やかに下って行く。十数メートルも進んだところで、少し広い場所に出た。かつて蚕種紙の保管に使われていた場所だろう。

岩屋の奥から、ひっきりなしに冷たい風が吹いてきており、体感としては外よりも数度は下がっているように感じられた。

この奥に何があったのかを、荒木はよく覚えていない。

その部分の記憶だけが、まるで何かに食い荒らされたかのように、ぽっかりと暗い穴のようになっていた。

実際、外からの光も殆ど届かないこの岩屋の奥の壁面を覆い尽くすように、何かが蠢《うごめ》いている気配があった。葉っぱを食い荒らすような、しゃりしゃりとした音も、まるでノイズのように両耳に入り込んでくる。

蠢いているものが何なのかは察せられた。おそらく蚕だ。

無数の蚕が、荒木の脳の奥底にある記憶の一部を、桑の葉の如《ごと》く食い尽くしている。

岩屋の奥にぽっかりと開いた暗い穴に向かって、荒木は歩いて行く。

そして一歩、その先に足を踏み出した途端、荒木はそこから落下していた。

急に周囲が明るくなった。それと同時に不意に息苦しさを感じ、もがきながら荒木は周囲を見回す。

ワカサギか何かだろうか。小さな魚の群れが、目の前を通過して行くのが見えた。

口と鼻から、一気に空気が気泡となって吐き出される。

荒木は必死になって手足を動かす。水流が感じられ、思ったように体が動かない。

気泡が去って行ったのとは逆の方向に、荒木は顔を向ける。遥か下方に、先ほど自分がぐくってきた筈の蔟神社の朱の鳥居が見えた。七曲がりの石段も見える。それらが水中に差し込む屈折した光で、ゆらゆらと歪んで見えた。

そこで我に返った。

気がつけば、荒木は夢中になってイラストボードの上に鉛筆を走らせている最中だった。

体中から滝のように汗が噴き出している。まるで水の中にでも落ちたかのように、前髪や鼻の頭、顎の先から、ぽたりぽたりとボードの上に水滴が落ち、そこに描かれた風景を滲ませた。

手元に描かれている風景は、蔟神社の拝殿だった。いつものように、まるで写真をトレースしたかのように緻密に描かれている。

ボードと鉛筆を床の上に置き、荒木は袖口で汗を拭った。

喉の渇きを感じ、荒木はキッチンの流しに向かうと、水を一杯、コップに汲《く》んで飲んだ。

あの風穴で起こったことを、荒木は思い出そうとしたが、無駄だった。

だが、あの「風穴」と呼ばれた岩屋の奥で、何かあったということだけは、体が感じている。

それにしても、荒木の頭の中にある小楷町で、時々見かける、あの女の子は何者なのだろう。

不思議なことに、あの子が何と呼ばれていたかだけは覚えている。

ツキノネ。

ふと視線を感じて、荒木は振り向く。

すると、床に置いたままの、今、描いたばかりの絵の中から、誰かがさっと顔を隠すのが見えたような気がした。

9

『今からチェック！　アラサー女子の夏コーデ先取りアイテム』

ファッション情報のウェブサイトから依頼のあった、そんなどうでもいい記事を書きながらも、大塚文乃の頭の中は小楷ダムのことでいっぱいだった。

机の上の時計を見ると、もう午前四時だった。

つい昨日の夕方に突然、依頼があり、今日の正午までに入稿と言われた原稿の内容を、大急ぎで文乃はチェックする。荒木とは、この後の午前七時に待ち合わせをしていた。何とか間に合いそうだ。

夏コーデ先取りアイテムとはいっても、ただのステマ記事だから、依頼のメールに添付されていた同ウェブサイトの広告主であるアパレル企業のカタログの中から、それらしいアイテムを選んで適当に書けばいいだけの仕事だ。四百字あたり千五百円の安い原稿料だったが、仕事を続けていないと編集者との繋がりが切れてしまう。フリーには断るという選択肢もない。

実際の文乃は二十六歳のフリーライターだが、丸《まる》の内《うち》の企業に勤める総合職、彼氏なし二十九歳のペンネーム「ＡＹＡ」という人格に成り切ってキーボードを打ち、何とかそれらしい文章を仕上げた。

ウェブサイトの担当編集者に記事を送信し、そのまま大急ぎでシャワーを浴びると着替えを済ませ、簡単に化粧をして出掛ける準備を整えた。

今日は殆ど一日中、歩き回ることになるかもしれない。昨夜は一睡もしなかったので、体力が持つか少し心配だったが、仕方あるまい。

荒木の方から、小楷ダムを訪れてみたいから、同行してもらえないかとメールがあったのは数日前のことだった。

文乃の何を気に入ったのかはわからないが、小楷ダムに足を運んでみようという考えを相談してくるくらいだから、悪い印象は持たれていないということだろう。

むしろ文乃の方が戸惑っていた。まだ荒木という人物を捉《とら》えきれておらず、小楷ダムの歴史などについても、取材のための十分な下調べができている状態とは言い難い。

この日のために買ったハイキングシューズを履き、帽子を被ってダッフルバッグを背負うと、文乃は自宅のワンルームマンションを出た。

こんな早朝から出掛けるのは久しぶりだった。仕事で徹夜明けでなければ、もう少し清々《すがすが》しい気分だったろうに。

出勤のラッシュ時間よりはかなり早かったので、電車に乗り込むと何とか座ることができた。乗り換えの駅に着くまでと思い、文乃は目を閉じる。寝過ごさないように気を付けなければ。

本当は古河に車を出してもらえれば良かったのだが、急なことなので都合が合わなかった。

文乃は車の運転ができない。荒木が免許を持っているのなら、文乃の方でレンタカーを借りようかとも思ったが、確認してみると荒木も車の運転はできないようだった。

公共交通機関で小楷ダムまで赴《おもむ》くのは交通の便がいいとは言えず、現地での移動も面倒だったが、それならば折角だから自分の足で歩いて小楷ダムを一周したいと荒木は言い出した。

古河と一緒に何度か訪れた小楷ダムの広さを思うと、山歩きやハイキングなどの経験がない文乃にはしんどそうに思えたが、今回の訪問は荒木の方が主体である。文乃が意見を差し挟むようなところではない。

それに、行くなら早く行かなければ、荒木の気持ちが変わってしまったり、文乃を置いて勝手に小楷ダム入りしてしまいそうな気もしていた。そうなってしまっては元も子もない。

待ち合わせのターミナル駅に着くと、すでに荒木は到着していた。

「すみません。遅くなってしまって……」

改札口に向かって小走りしながら、文乃は言う。

「いや、まだ待ち合わせの時間の五分前ですよ」

文乃に気づき、笑いながら荒木が答えた。どうやらぎりぎり遅刻せずに済んだようだ。

直《じか》に顔を合わせるのは、例の工場前のファミレスで会った時以来だ。

「今日はよろしくお願いします」

「こちらこそ……」

そう答えながら、文乃は荒木の格好を見る。ジーンズに長袖の襟付きシャツといった軽装で、足下もスニーカーだった。自分の方が気合いが入り過ぎていて、文乃は少し恥ずかしくなる。

文乃は荒木と一緒に、都心から離れていく特急列車に乗り込んだ。小楷ダム周辺は、かつて横浜居留地からの十里の外出制限地域内にあったことからもわかるように、都心からそれほど離れているというわけでもないが、列車の本数は少なく、私鉄への乗り換えや乗り継ぎが何度かある。最初の目的地である「小楷ダムビジターセンター」までは、三時間ほどで到着する予定だった。

「市役所の広報課に問い合わせて、小楷町同郷会の人と連絡を取ろうと思ったんですが……」

席に座って落ち着くと、早速、文乃は今日の段取りについて説明した。

水没する前の小楷町の住人のうち、宅地や農地などを持っていた人は、周辺地域に新たに開発されたニュータウンに代替地をもらって引っ越すか、不動産に見合った補償金を得て都心部に移り住むなどしている。小楷町同郷会とは、そうやって離れ離れになった小楷町の元住民たちによる連絡会だ。

かつて小楷町と呼ばれた水没地域は、K県S市内にあるが、ダム竣工後の十九年の間に行政区域の合併などを繰り返し、現在は、かなり広い地域が「小楷湖町」という新しい地名になっている。

今も毎年、同郷会の人たちはダム上流部にある「夷狄河原オートキャンプ場」や、「小楷ダム自然公園」などに集まり、故郷を偲《しの》んでバーベキューなどの交流会を行っているということだった。

荒木の希望は、できれば子供の頃の自分を覚えている人と会ってみたいということだった。それが無理なら、昔の小楷町についてよく知っている人と話すだけでも構わないという。

「どうだったんですか？」

「個人情報だというので代表者の連絡先は教えてもらえませんでした。それに詳しい事情はよくわからないんですが、何だかいろいろとあったようで、同郷会は近いうちに解散になるかもしれないと役所の人には言われました」

それも少し心に引っ掛かっていた。同郷会という集まりの性質上、内部で対立や分裂などが起こりそうにも思えないのだが、不思議と役所の人も歯切れが悪かった。

「その代わりといってはなんですけど、役所の人が駅まで迎えに来てくれるそうです。ビジターセンターまで車で送ってくれるって……」

駅から出ている市営のバスは、調べてみると平日は一時間に一本程度の運行だったから、それだけでも、ずいぶんと時短になって助かる。

「すると、昔の小楷町について知っている方とは会えなそうですかね」

「市の広報課の人が、誰か探してくれるそうです。同郷会がなくなったとしても、かつての住民がいなくなるわけじゃないですし……」

つい最近、ニュース番組でスポット的に取り上げられたからか、広報課の人も荒木のことは知っており、荒木が画集を出したことも把握していた。二十八年ぶりに故郷に帰るという話には、だいぶ興味を示してくれていて、協力的だった。

だが、それが思わぬところで裏目に出た。

「やあ、お待ちしておりました、荒木先生」

ダム竣工と時期を同じくして造られた、小さくはあるが鉄筋コンクリート造の「小楷ダム駅」の外に出ると、駅前の小さなロータリーには車が数台停まっていて、荒木のことを待ち構えていた。

「市長の諸橋《もろはし》です。今日は遠いところをわざわざありがとうございます。どうですか、久々に故郷の地を踏んだ気分は？」

駅舎から姿を現すなり、駆け寄ってきて荒木に握手を求めてきたその五十年輩の男は、口から唾《つば》を飛ばしながらそう捲《まく》し立てた。

荒木は困ったような愛想笑いを浮かべている。

「これ、どういうことですか」

近寄ってきた、広報課の若い職員に向かって、戸惑いながら文乃は問うた。会うのは初めてだが、メールでやり取りをしていた相手で、車で迎えに来てくれると約束していた人だ。

「昨日、メールで地元新聞社とケーブルテレビ局から取材の申し込みがあったってお伝えしたじゃないですか」

文乃とさほど年齢も違わないその若い男性職員は、どういうわけか不満そうな口調でそう言う。

「返信がなかったから、本当に今日この時間にいらっしゃるのか、気が気じゃありませんでしたよ」

しまった。例の夏コーデ云々《うんぬん》の記事に掛かりっきりで、きちんとメールを確認していなかった。徹夜でぼんやりしていたから、記事を送信した時にも気づかなかった。

「それにしても、こんな、いきなり」

「いきなりじゃないですよ。今も言いましたけど、ちゃんとこちらからメールしました。市長まで出てきているのに、僕の立場も考えてくださいよ」

メールでのやり取りでは親切な人だと思っていたが、お役所的な論理を押し付けられて文乃はうんざりした気分になった。前に出演したニュース番組のスポット特集で、荒木はこういう感じには辟易《へきえき》している筈だった。

「すみません。今、駅から出てきた体での映像が欲しいので、もう一度、駅舎から歩いてきてもらえますか」

ケーブルテレビ局のディレクターと思しき人から、早速、荒木はあれこれと指示を出されている。荒木は救いを求めるような表情を文乃に向けてきたが、やめてくれと言い出せるような雰囲気ではなかった。

「ようこそ小楷ダムへ！」

指示通りにもう一度駅舎から歩いてきた荒木に向かって、こちらも指示を受けたのか、市長が大根丸出しの演技で迎え入れる。

「もうすぐ任期満了で、次の市長選が近いもんだから、取材が来るって聞いたら、しゃしゃり出てきちゃって……」

　眉根を寄せて腕を組み、その様子を見ている文乃の隣で、広報課の若い男性職員が苦笑まじりに聞いてもいないことを口にする。

　その後、新聞社や地元タウン誌などと思われる記者たちの写真撮影と簡単なインタビューに応じ、三十分ほどして、やっと荒木と文乃は、車体に役所のロゴが書かれたミニバンに乗せられた。

　これでやっと解放されたと文乃はほっとしたが、運転席に座った職員が、エンジンを掛けながら口を開いた。

「じゃあ、今から市役所の方に向かいますので……」

「えっ」

　文乃は耳を疑った。

「すみません。小楷ダムビジターセンターまで送っていただける予定では……」

「ああ、それは後でちゃんと送りますよ。でも市長が、荒木先生と、是非《ぜひ》、ゆっくりと歓談したいということで……」

「ちょっと待ってください。それだと今日中に小楷ダムの周りを歩くことが……」

「歩くつもりなんですか？　歩いたら大変ですよ。丸一日かかります」

「そのつもりで朝早くから出てきたんです」

「荒木先生を引っ張り回すつもりですか。大丈夫。今日は一日、僕が付きっきりで、あちこちご案内しますから」

まったく話が通じない。

「小楷ダムの観光パンフレットに、荒木先生の絵を起用したいっていう話が出ているんですよ。それに、昔の小楷町だけでなく、今の小楷ダムの風景なんかも絵にして描いてもらえたら話題になって良いPRになるなんて、広報課では今、盛り上がっていて……」

どうやらこの職員は、荒木がどういう画家なのかすらも把握していないらしい。

歯噛みするような思いで文乃は隣に座っている荒木の顔を見た。

荒木は諦めたかのような笑みを浮かべ、頭を左右に振っている。

これは完全に文乃のミスだった。まさかこんなことになるとは思っていなかった。

二十八年越しの帰郷、その尊い瞬間が、事情もよく知らない連中に穢《けが》されている感覚に、文乃は地団駄を踏みそうになる。

市長を乗せたセダンがウインカーを出して動き出すと、それに合わせて文乃たちを乗せた市のミニバンも発車した。後ろからは、この後も取材を続けるつもりなのか、ケーブルテレビ局や新聞社のものと思しき車が付いてきている。

「歩きたかったな……」

車の窓の外に見え隠れしている小楷ダムの湖面を眺めながら、ふと荒木がそう呟いた。

「今日は……本当にごめんなさい」

帰りの電車に乗ると、文乃は隣に座っている荒木に向かって消え入るような声を出した。

「どうして大塚さんが謝るんですか。気にしないでください。楽しかったですから」

飽くまでも優しい荒木に、文乃は切ない気持ちになる。

結局、この日は思っていたような一日にはならなかった。

後日、新聞に掲載される予定だという市長との「小楷町の思い出」対談に始まり、ビジターセンターに飾られている荒木の作品、『小楷分岐』の前での撮影、本当は小楷ダム周辺のハイクの出発点にするつもりだった「夷狄河原オートキャンプ場」では、河原でスケッチブックを開き、写生しているような格好での映像まで求められた。荒木が「記憶の画家」だということすら把握していないのは、職員だけではなかった。

本当なら、深層崩壊があったという荒木の実家があった場所や、現在、画題にしているという「簇神社」が沈んでいる辺り、かつての小楷峡谷に架かっていた、旧「虹色橋」の周辺などをじっくりと歩いて見て回りながら、荒木の記憶を刺激するものがあるかを探ってみる予定だったが、時間が押しているとか何とかで、肝心の小楷ダムへの訪問は、例の職員の運転で、さっさと小一時間ばかりでダム湖を巡る観光道路を一周するだけに終わった。

夕方からは、ダムからはかなり離れた場所にある料理旅館に連れて行かれ、接待を受けた。小楷ダムの観光PR用に荒木の作品を使いたいらしく、現在の小楷ダムをモチーフに何点か描き下ろして欲しいと要請された。だが、荒木は終始、困ったような笑みを浮かべて曖昧に受け流しているだけで、何となく気まずい空気のまま、朝、到着した時と同じ「小楷ダム駅」まで送ってもらい、帰路につくことになった。

一緒にいた文乃は、まるでマネージャーのような扱いで、酔った職員から荒木を説得できないかとまで頼まれた。

「逆にね、良かったと思うんですよ」

すっかり日も暮れて、黒く浮かび上がる山の稜線の他は家々の窓の明かりしか見えなくなった車窓の風景を眺めながら荒木は言った。

「今の小楷ダムに行っても、何も感じないかもしれないとは思っていました。大塚さんと二人で湖畔《こはん》を歩いていたら、その虚しさに心が沈んでしまっていたかもしれない」

「また日を改めて、もう一度、小楷ダムに足を運んでみませんか。今度は誰にも知らせずに、こっそりと……」

こんなのは納得がいかない。できればなかったことにして、やり直したかった。

「いや、必要ないと思います。僕にとっての小楷町は、ダムの底にある町ではなく、僕の頭の中にある町こそ本物なんだと確信しました」

荒木の返事に、文乃は溜息をつきそうになるのを我慢した。

もう二度と、荒木は小楷ダムに足を運ぼうなどとは考えないかもしれない。

自分が書こうと思っているルポルタージュのことではなく、荒木の中でそっと大事にしていたものが一つ失われたであろうことの方が、文乃には残念に思えた。

「あの……一つ聞いてもいいですか」

「何です？」

「荒木さんが頭の中に小楷町を思い浮かべる時の感覚なんですけど……」

どんな様子なのか、もう一つ文乃はイメージが摑めないでいた。

「うーん、すごく……人には伝えづらいんですけどね」

そう前置きをして、荒木は考え考え話し始める。

「大塚さんは、落語の『頭山《あたまやま》』っていう噺《はなし》、ご存じですか」

「いえ……」

唐突に感じられたが、文乃は黙って荒木の話を聞くことにした。

「簡単にあらすじを言うと、ある男がサクランボの実を種ごと食べて、翌日に頭に桜の木が生えてくるんです」

「はあ」

話の先が見えず、取りあえず文乃は頷く。

「これが評判になって、男の頭は花見の名所になってしまう。毎日毎日、頭の上でどんちゃん騒ぎをされて、男はうるさくて嫌になってくる」

頭が花見の名所と言われても、状況が思い浮かばなかった。スケール感や視点が滅茶苦茶で、妙にアンバランスで気味の悪い噺だった。

「そこで男は頭に生えた桜の木を引っこ抜く。これで解決と思ったら、桜の木を抜いた後に大きな穴が開いて、そこに水が溜まって池になり、今度は魚が湧き始める」

これはどうも、話術によって有り得ない状況を語りで想像させる類いの噺のようだ。

「で、今度は釣り師が集まって魚を釣ろうとするものだから、男の鼻やら耳やらに釣り鉤《ばり》が引っ掛かって、何ともしようがない。男は次第にノイローゼになってしまいます。で、最後はどうすると思います？」

「さあ……」

「自分の頭の池に飛び込んで自殺するんですよ」

文乃の背筋に、何やらぞっとしたものが走った。

「ごめんなさい。えーと、頭の池？　自分の頭に飛び込むんですか」

「もやもやして落ち着かない終わり方でしょう？　考えオチっていうんですかね。言葉としてしか成立しない風景というか」

「つまり……『その三角形は丸かった』って言うような？」

「ああ、上手い喩えですね」

得心したように荒木は頷く。

「僕の頭の中の小楷町も、その『頭山』のような感じというか……。口では説明できるんです。でも、その感覚を本当に伝えるのは難しい」

文乃は頷く。きちんと理解はできそうにないが、そういう得体の知れないものだというのを感じるには十分だった。

「前に言っていた、僕の頭の中の小楷町に住んでいる女の子ですが……」

「私が『小楷分岐』の絵の中に見た子ですか」

荒木が頷く。

「あの子、『ツキノネ』っていうんです。何でか知らないけど、そう呼ばれていたのだけは覚えている」

先ほどまで車であちこち連れ回されていた小楷ダム周辺の、何の変哲もない雰囲気とのギャップに、文乃は妙な気分になる。

「あの……『ツキノネ』って、小楷町に昔あった、『根ノ教』の生き神様の名前ですよね」

「そうなんですか？『根ノ教』っていうのは、何となく名前は聞いたことあるけど……」

荒木は意外そうな表情を浮かべる。

「はい。荒木さんのルーツというか、絵の題材にもなっている町なので、ちょっと調べてみたんですけど……」

「じゃあ、小楷町の名前の由来はご存じですか」

「いえ……」

そこまで細かいところは調べきっていなかった。

「まあ、周辺集落の地名が、『蔟』とか『鬼怒《きぬ》』とかで、あからさまですけどね」

そうは言われても、まったくピンと来ない文乃に、訥々《とつとつ》とした口調で荒木は言う。

「『蔟』は養蚕で使う道具の名前だし、僕が住んでいた集落の『鬼怒』という地名は、おそらくシルクという意味の絹からです」

小楷町で深層崩壊の被害があった「鬼怒」という地名に、何か恐ろしい意味でもあるのかと文乃は思ったことがあるが、あれは「絹」だったのか。

「他にも、小楷町に住んでいた人たちの姓には、やはり養蚕に由来のある苗字が多かったです。小楷分岐にお店を出していたのは『桑田』さんだったし、他にも機《はた》とか織物を連想させる苗字とか……」

「元は住んでいたところの地名とか屋号みたいなもので、明治政府の苗字制定の時に、後から付けたとかでしょうか」

「ああ、そうかもしれませんね。僕の『荒木』っていう姓も屋号だったと聞いたことがあります。炭焼きでもやっていたのかな？」

そう言って荒木は笑った。

「『小楷』は、たぶん『蚕を飼う』っていう字を当てていたんじゃないかな。『蚕飼《こかい》神社』っていうのもありますしね」

「小楷町って、戦前くらいまでは養蚕が盛んだったんですよね」

それは、以前に古河と一緒に小楷ダムのビジターセンターに赴いた時に調べていた。小楷町は明治期までは炭焼き、その後、大正期から昭和初期頃までにかけては養蚕が主な産業だった。

「らしいですね。まあ、僕が生まれた頃には、養蚕業を続けている家は一軒もなかったと思いますけど……」

「そうなんですか」

「ええ。でも、蔟神社の裏手に、蚕の卵を保管する岩屋が残っていました。『風穴』って呼ばれていたんですが、当時は冷蔵庫とかはなかったから、気温の低い岩屋の奥に卵を保管して、孵化の時期をずらしたそうです。そうすると、生糸の原料となる繭を年に何度か得られる。もちろん、僕が子供の時にはもう使われていませんでしたけど……」

その荒木の話には、何か引っ掛かるものがあった。

どこか矛盾のようなものを感じ、文乃はもやもやした気分になったが、その正体がわからないまま、荒木は話を続ける。

「さっきも言いましたけど、『頭山』みたいなもので、僕は僕の頭の中を歩けるんです。その岩屋の中にも入ってみました」

実在しているその岩屋は、今はダム湖の底にある。「蔟神社」と呼ばれていたその社はどうなったのだろう。近隣の神社に合祀《ごうし》でもされたのだろうか。

「どうもね、そこだけ中の様子をよく思い出せないんです。文字通り、虫食いみたいっていうか、小楷町の他の場所は、どんなに細かいところでも思い出せるのに」

そう言って、荒木は肩を竦《すく》めてみせた。

「本当は、ダム湖に沈んでいるその岩屋がどうなっているか見てみたいんですけどね。まあ、無理かな……。僕はスキューバ・ダイビングなんてできないし、そもそも許可が下りないだろうし」

それについては文乃も何も言えなかった。荒木が言った通りで、いちフリーライターである文乃にどうこうできることではない。

「もう小楷ダムに来る必要はないと思うけど……」

そしてまた荒木がぼそりと呟いた。

「小楷町出身の人とは会ってみたいです。同郷会って、解散したんでしたっけ」

そもそも市の広報課に連絡を取ったのは、同郷会を紹介してもらおうと思ったからだった。

「まだ解散はしていないと思いますけど、例年行われていた交流会は中止になるだろうって……」

その事情についてはわからなかったが、同郷会が解散したとしても、小楷町の出身者がこの世からいなくなるわけではない。誰か探して話を聞いてみるべきだと文乃は思った。

最初に待ち合わせをしていたターミナル駅に戻ると、もう時刻は夜の十時を回っていた。

どこかで軽く食事でもと誘ってみたが、荒木は翌朝は早出の出勤らしく、固辞されてしまった。

「今日はありがとうございました。一日、一緒にいられて楽しかったです」

気を遣ってか、荒木はそう言ってくれた。

「そんな……いろいろと上手くいかなくて、すみませんでした」

「あの……これからも取材は続けるんですよね」

「え？　はい。そのつもりですけど……」

もうこれでやめてくれと言われるのかと思い、文乃は不安になる。

「僕はその……今まで友達らしい友達もいなくて……。でも、不思議なんですが大塚さんが相手だと、リラックスしてお話ができるんです。僕の、この……病気と言っていいのかどうかもわかりませんが、症状についても、大塚さんと話していると、いろいろ気づきとかもあって……」

たくさんの人が行き交うターミナル駅のコンコースで、荒木は恥ずかしいのか、目を逸らすようにして、もごもごと言葉を選びながら喋っている。

「何だか変な空気になっちゃいましたね。すみません。自分でも何を言っているのやら……。不愉快に感じたのなら……」

「そんな。むしろ、そんなふうに思っていただいて嬉しいです」

実際、嫌な気分はしなかった。取材がしやすくなるとかの仕事上の都合だけでなく、荒木からは誠実で素朴な雰囲気が伝わってくる。今まで友達がいなかったなら、自分がなってあげようと感じさせるものがあった。

荒木としては、かなり勇気を振り絞って出した言葉だったのかもしれない。文乃が拒絶するような素振りを見せなかったので、心からほっとした様子で相好《そうごう》を崩した。

ふと文乃は、自分には古河という婚約者がいることを荒木に伝えておいた方がいいのだろうかと思った。

だが、荒木は友達になって欲しいと言っているだけだ。それを通り越して、自分には付き合っている男性がいるなどと伝えても、何かちぐはぐな感じになってしまうかもしれない。そう思い、文乃はそれを伝える言葉を、ひと先ず引っ込めた。

「また連絡します」

文乃は一礼すると、荒木の元から離れて歩き出した。

暫くして振り向くと、荒木はまだ文乃の後ろ姿を見ながらそこに佇《たたず》んでいた。

10

今日は学校で委員会があり、少し帰るのが遅くなってしまった。

施設の門をくぐり、宿舎の三人部屋にある自分の机の上にランドセルを置くと、徳田騎士は階下のレクリエーションルームへと下りた。

帰宅時間がずれてしまい、弥生は一人で先に帰ってきている筈だった。このところは弥生も学校生活に慣れてきたので、必ず一緒に帰ってくるということもなくなった。

「よう、騎士、お帰り」

レクリエーションルームに入ると、部屋の真ん中にある座卓型のテーブルに向かって、古河が胡座を掻いて座っていた。

部屋には大きな液晶テレビがあって、未就学や小学校低学年の小さな子たちが集まり、一緒にアニメの再放送を観ていた。この時間だとまだ早くて、中高生たちは部活やバイトなどで帰園してきていない。

「古河のお兄さん、何やってんの」

部屋の隅に積まれている座布団を一枚取り、騎士はそれを敷いて古河の傍らに座る。

「ああ、ちょっと夏キャンプの計画を練《ね》っているんだよ」

テーブルの上には、いくつかのリーフレットや、ネットのウェブサイトなどをプリントアウトしたと思しき紙が何枚か並んでいた。

何となく騎士は、リーフレットの一つを手に取る。表紙には「夷狄河原オートキャンプ場」と書かれている。

「何これ。『いてき』って読むの？　変な名前」

表紙に振られているルビを読み、リーフレットを捲りながら騎士は呟く。

「ああ、いろいろと候補を検討しているところだけど、夏キャンプは、そこに決めようかと思って」

ノートパソコンで計画表のようなものを作成しながら、古河が答える。

「古河のお兄さん、ここに行ったことあるの」

「キャンプはしたことないけど、近くには何度か行ったことがあるよ。いいところだよ。景色もいいし」

「景色だけじゃなあ……」

「クワガタ採れるみたいだぞ」

「マジかよ」

「あと、河原では魚釣りもできるようだよ。近くにダム湖もあって……まあ、そっちは釣りやカヌーは禁止みたいだけど」

古河がそう言い掛けた時、不意にレクリエーションルームの扉が横に開き、弥生が入ってきた。

「弥生、お帰り」

そちらをちらりと見て、騎士の時と同じように古河が声を掛ける。

施設で生活する子供たちの宿舎は、男子と女子で分かれているが、職員はこのレクリエーションルームを挟んで行き来することができるようになっている。同じ建物内には、職員室や宿直室もあった。

「古河のお兄さん、宿題見て」

手に教科書とドリル、筆箱を持った弥生は、古河の背後まで近づいてくると、後ろから首に手を回し、抱きついた。

そして、胡座を掻いている古河の股の間に、回り込むようにして座ってしまった。

「おいおい、勉強は見てやるから隣に座れよ」

ノートパソコンの蓋を閉じながら古河が言う。

「嫌。ここがいい」

「古河のお兄さん、困ってるじゃん」

そんな弥生の振る舞いに、どういうわけか騎士は苛々した気分になってきた。どうしてそんな風に感じたのかは、自分でもわからない。

「騎士、うるさい」

弥生は騎士の方を見ようともせずにそう言い、テーブルの上のリーフレットを片隅に寄せ、持参してきたドリルをそこに広げた。

「何だよその言い方」

「喧嘩はやめろって」

思わずむっとした口調になった騎士を窘《たしな》めるように古河が言う。

気に入った児童指導員や保育士を独《ひと》り占めしようとするのは、学齢の低い子ならよくあることだが、さすがに弥生の年齢では、少し子供っぽい印象を受ける。

「騎士は乱暴だから嫌い。古河のお兄さんは優しいから好き」

古河の膝の上から動こうとせず、弥生が言う。

騎士は言い返そうとしたが、古河が困ったような表情で目配《めくば》せしてきたので、我慢することにした。

そのまま古河は弥生の背中越しに、宿題を手伝い始めた。

表情は相変わらず乏しかったが、このところの弥生は、必要以上にベタベタと古河に甘えるようになっていた。

「騎士のクラスは、今日は宿題は？」

「ない」

古河の言葉に、むっとして騎士は答える。

部屋に戻ろうかとも思ったが、何となくそれも負けのような気がして、変な意地が働いた。

「あれ……？」

三十分ほど経った頃だろうか。

再放送のアニメ番組が終わり、小さい子供たちが三々五々レクリエーションルームを出て行くと、そのまま付けっ放しだったテレビが情報番組を流し始めた。

「この『夷狄河原オートキャンプ場』って、今度、キャンプに行く場所じゃない？」

画面には、あまり冴えない感じの男の人が、河原で折り畳み椅子に座り、スケッチブックに何やらデッサンをしている様子が映されていた。

『記憶の画家、二十八年ぶりに故郷へ』というキャプションとともに、『夷狄河原オートキャンプ場』と、場所の説明が表示されていた。

「あっ、そうそう。ここだよ」

宿題を見ていた古河が顔を上げ、画面を見て言う。

どうやらそれは、地方で放送されたニュースを取り上げて紹介するコーナーのようだった。

うっすらと無精髭を生やし、もじゃもじゃとした癖のある頭髪を中途半端に伸ばしたその男の人は、久々に戻ってきた故郷への感想などを求められ、少し困ったような表情で答えている。

ふと、古河の膝の上に座っていた弥生が立ち上がり、テレビの真ん前に行って、膝を曲げて四つん這いになるような格好で、その映像を食い入るように見始めた。

「もう少し離れないと、目が悪くなるよ」

促すように古河が言う。

「これ、知っている人です」

不意に弥生が呟くようにそう言った。

「え？　何だって」

弥生が口にした意味をすぐに察せられなかったのか、古河が困惑したような声を出す。

そしてゆっくりと弥生がこちらを振り向いた。

「風穴に忍び込んで来た子」

弥生の様子はいつもと変わらなかったが、騎士の背中に、どういうわけか、ぞくりとしたものが走った。

「土砂崩れで死ぬかと思っていたのに、大きくなったなあ」

そう言って、弥生はくすくすと笑い始める。

ニュースが終わったのか、ふと、テレビがＣＭに切り替わった。明るくてアップテンポな歌が画面から流れてくる。

「あ、終わっちゃった」

弥生が呟く。騎士は古河と顔を見合わせた。

「今、知っている人だって言ったよね」

慎重な様子で古河が弥生に問う。

「はい。彼が騎士くらいの年の時に会いました」

騎士を指差して弥生が言う。

「それは、どういうことだい？」

古河が言う。テレビに映っていた男の人は、どう見ても三十代後半くらいだった。

「今もよく会ってますすよ。彼が『頭姿森《ずしのもり》』を作ってくれたので」

意味のわからないことを弥生は口にする。

「騎士こそ、変なことを言ってましたよね。今度、キャンプに行く場所だとか」

「ああ……」

困惑しながらも、騎士はテーブルの上に置いてあるパンフレットを手に取って弥生に渡した。

「『夷狄河原』……」

それを見て弥生が呟く。

「そこも知っているの？」

古河が問うた。弥生は警察に保護されてからも、その出自がよくわかっていないようだと騎士も聞かされていた。何しろ、名前からして仮のものなのだ。

冗談や虚言《きょげん》でなければ、何かそれらの手掛かりになることかもしれない。

「いえ、知りません」

だが、弥生は首を横に振った。

「どんなところですか」

「うーん、そうだなあ。ダムがあって……」

困ったように古河が答える。

「騎士もキャンプには来るんですか」

古河の答えを待たず、弥生が口にした。

「わからない。俺は一時帰宅になるかも」

一応、キャンプがあるお盆の頃は、騎士は一時帰宅の予定になっていたが、直前になって、やっぱり中止とまた言われるような予感もしていた。

無理なら無理で、どうせなら最初からそう言ってくれれば諦めもつくのにと騎士は思う。がっかりさせられるのはもう嫌だった。

「一緒に行きましょうよ」

弥生が騎士に向かってそう言った。

「いや、だからまだわからないし」

まごついた口調で騎士は答える。

「家族と過ごせるならそっちの方がいいだろ」

弥生に言い聞かせるように古河が言う。

「騎士が来ないんじゃ半分つまらないです」

「さっき俺のこと嫌いだって言ったじゃん」

じっと見つめてくる弥生から目を逸らして騎士は言う。

弥生はいつも真顔なので、正面から見られると心臓が高鳴った。

「怒ったり乱暴したりしなければ好きです」

そう言うと、弥生はテーブルの上に置いてあるやりかけのドリルを手に取り、騎士の隣に座って、猛然と問題を解き始めた。

11

「小楷町って、ずっと昔に殺人事件が起きたことがあるらしいのよ」

「そうなの？　それっていつ頃の話」

駅まで迎えに来てくれた古河と肩を並べ、彼が勤める児童養護施設、「緑梓園」に向かって歩きながら、何となく文乃はそんな話を切り出した。

「明治の初期の頃みたいなんだけど……」

「だったらもう百五十年くらい前か」

もうすぐ日暮れが訪れようかという道を歩きながら、古河が肩を竦めて言う。

近くを走っている高速道路を行き交う車の音が微かに聞こえてくる他は、駅から少し離れると店もなくなり、辺りは一戸建ての多い住宅街となった。

「びっくりした。最近の話かと思ったよ」

「前にほら、小楷峡谷が一時的に横浜の居留地に住む外国人たちの間で観光地としてブームになったことがあるって話したじゃない」

「うん、何となく覚えてる」

「居留地に課せられていた外出は十里までっていう決まりがなくなって、観光地としての小楷町は……当時は小楷村だったのかな。それで廃れたって思っていたんだけど……」

外国人の外出十里制限は、正確には「外国人遊歩規定」と呼ばれているもので、安政五（一八五八）年に締結された、いわゆる「安政五カ国条約」の一部として決められていたものだ。

「その事件が原因だったの？」

「殺されたのは、夷狄河原に観光に来ていた居留地の外国人だったのよ」

文乃が入手したのは、それを報じる地元新聞の記事だ。K県の県立図書館で見つけたもので、明治八年八月の記事だから、例の「根ノ教事件」が起こる遥か前のことだ。

殺されたのは四十代の英国人男性で、妻と子の家族三人で小楷峡谷に数日の予定で休暇に訪れていたが行方不明になり、「蔟」集落付近の山中で死体として発見されたとある。見つかった死体がどんな状態だったかなどの詳しいことは、記事には書かれていなかった。ただ、事故の可能性などに言及することなく殺人として報道されているからには、そういう死に方をしていたのだろう。

文乃はその後の同紙の記事も数か月分、調べてみたが、少なくとも今のところ、犯人が捕まったという記事は発見できていなかった。

百五十年近く前に起こった、こんな殺人事件に興味を持っている人が文乃の他にいるとは思えない。自力でまた調べるしかないが、妙に心に引っ掛かるものがあった。

深層崩壊の件もそうだし、根ノ教についてもそうだし、こんな小さな村で、いろいろと起こりすぎているような気がするのだ。いや、だが時系列は百五十年くらいのスパンがあるので、もしかすると、どんな地域でもこの程度の事件は起こり得るものなのかもしれないが、わからなかった。

その殺人事件は外国人遊歩規定が解かれる前に起こっているので、小楷峡谷への観光客の減少の大きな原因になっているのは確かだろう。十里……つまり半径四十キロメートル圏内という縛りがなくなれば、そんな不穏な事件が起こった場所に、わざわざ足を向けようという気になるわけがない。

荒木一夫という画家のルーツを調べていた筈なのに、どんどん脱線してきているような気もしていたが、どこかで何か繋がりそうな予感もしていた。

今日、こうやって古河の勤めている児童養護施設に足を運ぶことになったのだって、無関係ではない。

それは久々に休日が合い、古河が文乃の家に遊びに来た時だった。

「文乃ってさ、今、荒木一夫の取材してるんだろ?」

泊まっていくというので文乃が夕食を作り、何となくいつもの流れでセックスをし、シャワーを浴びて寝ようと思った時、部屋着のジャージに着替えた古河の方から、そんなことを言い出した。

「そうだけど……」

ドライヤーで髪を乾かしながら、文乃は答える。普段、古河はあまり文乃の仕事の内容に興味を示さないので、少し妙な感じがした。

「この間、施設で子供たちと一緒にテレビを観ていたら、その荒木さんが映っていて……」

小楷町がＰＲ目的で呼んだ地元ケーブルテレビ局のニュースだろう。

どうやら系列の地上波でも放送されたらしい。

「これ、文乃だから話すんだけど……」

古河は少し躊躇《ためら》いがちに口を開いた。

「何？」

よく声が聞こえないので、文乃はドライヤーのスイッチを切った。

「施設にいる子の話なんだけど……一応、職員には守秘義務があるんだけどさ」

文乃は頷く。それは知っていたし、もちろん、今まで古河が仕事で出会った子供たちのことを詳しく文乃に話したりしたこともない。

「去年、都内で起こった事件なんだけど、若い男が家に押し入って老夫婦を殺した後、引き籠もりの女の子が保護されたっていう事件、知ってる？」

「『現代のカスパー・ハウザー』とか言われてたやつ？　女の子がちょっと有名な動画配信者で、その視聴者が住所を特定して押し入ったっていう……」

それなら、ほんの一時期ではあったがよくニュースで報道されていた。

「そう、それなんだけど……」

この期《ご》に及んで、まだ古河は話すことを躊躇している様子だった。

「保護された子、今、うちの施設にいるんだ」

突然、そんなことを言われても、文乃としては何とも返事のしようがない。

「実は、荒木さんが出ている番組、その子と一緒に観ていたんだけど、知っているって言うんだよ」

「何を？」

「荒木さんと会ったことがあるって言うんだ」

「ちょっと待って。その子、ニュースか何かでは、家の外にも殆ど出たことがなくて、小学校にも通ったことがないって報道されていた覚えがあるけど……」

「そうなんだ。だからこそ妙に思ってるんだよ。彼女自身も虚言癖みたいなのがあって……」

「虚言癖？」

「まあ、たわいない子供っぽい嘘なんだけど、年齢を聞かれても、自分はもう何百年も生きているとか、兄弟姉妹がたくさんいたけど、みんな、大昔に死んだたとか……」

「だったら、荒木さんのことを知っているっていうのも虚言なんじゃないの？　たまたまテレビに出ていた人を、知っている人だとか言って周りの反応を見ているとか……」

その女の子が、どんな感じの子なのかも文乃は知らなかったが、訝しく思ってそう言った。

「そうかもしれない。むしろそうだと思う方が自然なんだよな。出自もよくわかっていないし、彼女が保護された家からも、小さい頃の写真とか、老夫婦が何らかの形で取っていた日記とかメモとか、出生に関する手掛かりのようなものは見つかってないんだ。でも、何だか引っ掛かるんだよ。その子が、老夫婦が殺害される前にやっていた動画配信サイトの名前、知ってる？」

「知らないけど……」

保護された女の子が、ネットではちょっとした有名人だったというのは新聞か何かの記事を読んで知ってはいたが、未成年だと思われるその子のプライバシーを配慮したのか、具体的な登録名などを目にした覚えはない。

「『ツキノネちゃんねる』っていうんだよ」

「え……」

思わず文乃は絶句する。

「政権交代とか、企業の大型倒産とか、他にも自然災害とか、けっこういろいろと言い当てていたみたいで、ネットでは話題になっていたらしいんだ。まるでご託宣《たくせん》みたいだって。それを十歳くらいの、見た感じ可愛らしい女の子がやるもんだから……」

それは確かに人気が出そうだ。

「前にほら、一緒に小楷町のビジターセンターだっけ、そこに行った時……」

そういえば古河は、文乃が参照していた「根ノ教事件」に関する資料に興味を持ち、そこに出てくる「ツキノネ」という名前に反応していた。もっとも、今の今まで、そんなことはすっかり忘れていたが。

「その時は、たまたまかなと思ったんだけど、その子が荒木さんを知っているとなると……」

偶然ではないかもしれないということだろうか。

「ちょっとその子に会ってみてもらえないかと思って」

「私が?」

「うん」

「私が会ってどうするの」

困惑して文乃は答える。

「荒木さんにとっては寝耳に水みたいな話かもしれないし、そうだったら迷惑を掛けるだけだろう? もし、荒木さんと会わせてみた方がいいってことになったら、君に間に入ってもらえればと思うんだけど……」

ちょっとデリケートな話になってきた。

出自不明ということだし、同居していた老夫婦は殺されているから、ツキノネを名乗っていたその女の子は、親類などが後見人になっているというわけでもないのだろうが、古河が慎重になっているのもわからなくはない。

その子に会った印象を文乃から荒木に伝え、その上で判断したいといったところだろうか。

どちらにせよ、施設に保護されている子で、ニュースにもなった事件の関係者だということは、荒木には内緒にして様子を聞かなければならないかもしれない。

「でも、会うっていっても、施設の関係者でもない私が理由もなく会いに行くわけにはいかないんじゃない?」

「来週から小中学校は夏休みに入るから、施設でバザーをやるんだ。近隣の人や、子供たちの同級生にもチラシを撒いて招くし、職員の家族なんかも来る。僕の婚約者として来れば、不自然ではないと思うけど……」

古河はそう提案してきた。

それで今、文乃はこうして古河と一緒に、児童養護施設に向かって歩いているのだ。

「ああ、あれがそうだよ」

駅から十五分ほど歩いたろうか。やっと施設の建物が見えてきた。

時期は少し早いが、盆踊り大会も兼ねているらしく、微かに『アラレちゃん音頭』が施設内から流れてくるのが聞こえる。文乃が生まれるずっと前にやっていたアニメの曲だが、音頭の定番曲はその頃のものが最新で止まっているらしい。

敷地内に入ると園庭があり、机を出したり地面にレジャーシートを広げたりして、フリーマーケットが開かれていた。割合に人も多く、近所の人なのか、職員の家族なのか、それとも施設で生活している子供の親御さんや親戚なのか、大人たちも多く訪ねてきている。

園庭の一角では、大きめのバーベキューコンロがいくつか並んでおり、炭火の上に鉄板が置かれ、そこで焼きそばやフランクフルトなどを焼いていた。

「あれっ、古河くん、彼女さん？」

エプロンを着けた年輩の女性が、早速、古河に声を掛けてくる。

何人かの職員に紹介を受け、その都度、文乃は頭を下げて挨拶する。

この時は、まだ和気藹々《わきあいあい》とした雰囲気だった。

「あの子がそう」

ふと、小声で古河が文乃に耳打ちしてきた。

焼きそばを炒《いた》めている台があり、そこで一所懸命にコテを振るっている少女がいた。

その姿を見て、文乃の背中に衝撃が走る。

——あの子だ。

以前、荒木の描いた『小楷分岐』の前で失神した時に見た少女だ。

間違いない。動悸が激しくなり、文乃の全身から冷たい汗が流れ始める。立ちくらみと、軽い嘔吐《おうと》感が込み上げてきた。絵の前で倒れた時と同じだ。

「大丈夫？」

文乃の様子に気がつき、古河が声を掛けてくる。

「うん」

そう答え、文乃が女の子の方に目をやると、焼きそばを炒める手を止めて、あの時と同じようにじっとこちらを見つめている。

単に古河と一緒にいるから見ているのか、それとも文乃自身に興味を持っているのかはわからなかった。

「話し掛けてみようか」

文乃が落ち着くのを待ち、古河が言った。文乃は頷く。

その「折原弥生」という子は、再び手を動かして焼きそばを炒め始めている。古河は気さくな様子で声を掛けた。

「弥生は焼きそば担当か。頑張ってるね」

「その女、誰ですか」

古河の言葉には返事をせず、いきなり弥生は文乃の方を見据えてそう言った。

「ああ、紹介するよ。僕が結婚の約束をしている人で、大塚文乃さん……」

「ふうん」

値踏みするような視線で、弥生は文乃を見てくる。

「初めまして。弥生ちゃんでいいのかな?」

予め、「ツキノネ」が折原弥生という名前で生活しているのは古河から聞いて知っていたが、今聞いたばかりのような振りをして文乃は言った。

弥生はじっと文乃を見たまま答えようとしない。

近くで見て、ますます文乃は確信した。荒木の絵の中にいた子と瓜二つだ。でも何故だ。

「焼きそば、一つもらえるかしら」

間が持たず、先ほどからの嘔吐感は消えていなかったが、文乃はそう言った。

「食券を持っていない人は三百円です」

あまり抑揚《よくよう》のない口調で弥生が言う。

「ああ、じゃあ僕の引換券を……」

古河がポケットを探る。施設の子供や、その友達、職員や近隣の人たちには、予め引換券のようなものが配られているらしい。

「駄目です。食券を持っていない人は三百円という決まりです」

融通《ゆうずう》の利かない様子で弥生が言う。

「いや、だが……」

「わかったわ」

弥生と言葉を交わせば交わすほど、徐々に具合が悪くなってくる。だが、何とか笑顔を作り、文乃は弥生と対峙《たいじ》しようとした。

財布を取り出し、中から小銭を出して弥生に渡す。

鉄板の端に寄せてあった、出来上がっている焼きそばを、弥生は透明のプラスチック容器に溢れんばかりに詰めた。蓋をして輪ゴムを掛け、それに割り箸を添《そ》えて文乃に渡してくる。

「残さず食べてね」

小銭を受け取りながら、口元に微かな笑みを浮かべ、弥生が言った。

「ありがとう」

その時、受け取った容器から、何かごそごそとした感触を覚え、文乃は手の中のそれを見た。

白い芋虫《いもむし》の如きものが、緑色の葉っぱと一緒に透明の容器の中にぎっしりと詰め込まれ、蠢いているのが見えた。

輪ゴムで閉じられた蓋の間から、数匹が表に這い出そうとして必死になって頭を左右に振っている。

「嫌っ、何これ？」

思わず声を出し、文乃は手にしているそれを地面に放り捨てた。

隣に立っていた古河が、「あっ」と声を上げる。

周りで焼きそばやお菓子などを食べていた子供たちの動きが止まり、立ち話などをしていた大人たちの視線が、焼きそばの容器を放り捨てた文乃に集まった。

「ひどい……」

そう呟き、弥生が俯《うつむ》く。先ほど容器を渡した時に口元に浮かんでいた笑いは消えており、目に涙を浮かべていた。

足下を見ると、放り捨てた容器が開き、中身が地面に散乱していた。何の変哲もない、太麺と多めのキャベツが入った焼きそばである。

「一所懸命作ったのに……」

弥生が手の甲で瞼を拭いながら涙を流し始めた。

「違……あの、ごめんなさい……」

困惑し、文乃は言い訳めいた口調でそう声を出した。

「手を滑らせただけだよ。そうだよな？」

焦った古河が、周りで見ている人たちに向けて、何とか取り繕《つくろ》おうと文乃に向かってそう言った。

「お前、今、『嫌っ』って言ったよな」

すぐ傍らで、弥生の作った焼きそばを食べていた、弥生と同い年くらいの男の子が、敵意を剥き出しにした口調で文乃に声を掛けてくる。

「それは……」

咄嗟に何を言ったら良いか判断がつかず、曖昧に文乃は答える。

「弥生、泣いてるじゃん。何だ、お前」

男の子がそう言って、ジーンズを穿いている文乃の臑を鋭く蹴ってきた。

「痛……」

「騎士！」

男の子に向かって古河が叱るような声を出す。

「何だよ。悪いのは俺かよ。ざけんなよ」

「ちょっとちょっと、古河くん、何やってるの」

先ほど挨拶したエプロンを着けた年輩の女性が、場の不穏な空気に気づき、間に入ってくる。

鉄板の向こう側では、ちょっと過剰に見えるほど、弥生はひっくひっくと声を上げ、頻《しき》りに流れ落ちてくる涙を拭っている。「ないと」と呼ばれた男の子は、きっとした表情で古河と文乃を交互に睨《にら》み付けている。

「せっかくのバザーなんだから楽しくやらないと。どうしたの？」

エプロンの女性が、諭すように男の子に声を掛ける。

「この女が、弥生の作った焼きそばを放り捨てたんだよ」

吐き捨てるように男の子が言う。

「違うんです。その……」

さすがにこの空気の中で、焼きそばが芋虫に見えたとは言えない。

「ごめんね、弥生ちゃん。本当にごめん……」

こうなると、もうひたすらに謝るしかなかった。

だが弥生は俯いたまま、まだ泣いている。

「すみません。ご迷惑をお掛けしてしまったので、もう帰ります」

それが最良の選択のように思えた。

「いや、大丈夫だよ。弥生も機嫌直して……仲良くしよう、な?」

古河はまだ場を何とかしようとしていたが、そうすればするほど、周囲の空気が冷え切ってくるのを感じた。

「帰れよ、おばさん」

男の子が文乃に吐き捨てるように言い放つ。さすがに古河も、今度は窘めるようなことは言わなかった。

「君もごめんね」

一応、文乃はその男の子にも頭を下げた。

止めに入ってきたエプロン姿の女性職員が、地面に飛び散った焼きそばを片付け始めた。

古河に促され、文乃は、まだ泣いている弥生に向かって何度も頭を下げながら園庭の外に出る。

「どうしたんだ」

人気のないところまで来て、困惑したように古河が言う。

「ごめんなさい。ちょっと……」

幻覚のようなものを見て、とは言えなかった。

「体調も悪いし、私、今日はもう本当に帰った方がいいかも……」

このまま残っていても、余計に何か面倒なことが起こりそうな気がした。

「仕方ない。誤解は僕の方で解いておくよ」

古河は職員で、まだ勤務中なので、文乃と一緒に帰るわけにはいかない。

気分はあまり優《すぐ》れなかった。園庭の方を見ると、先ほどまで泣いていた弥生は、けろっとした様子で、また黙々とコテを動かし、焼きそばを作っていた。

門のところで別れると、重い足取りで文乃は、つい今さっき歩いてきたばかりの道を引き返した。

弥生からは、あからさまな敵意が感じられた。

理由はわからない。だが、完全に拒否されたと文乃は思った。

――絵の中の少女とそっくりの子に会った。

そのことを荒木に伝えるべきかどうか、文乃は駅に向かって歩きながらも迷い続けていた。

12

「例年はねえ……ダムの竣工式があった七月頃に、皆さんで集まっていたんですけど……」

電話口に出た女性は、何やら歯切れの悪い様子でそう言った。

「今年は取りやめにしようって決まったばかりなのよ」

「はあ……そうなんですか」

どういう事情なのかよくわからず、文乃はそう言った。

かつて小楷町に住んでいた人たちが、「小楷町同郷会」という交流会を作り、毎年、ダムの竣工記念日に夷狄河原のオートキャンプ場などに集まって親睦会を行っていることは、小楷町について調べていた時に知った。

オープンな集まりではないので、調べるのに少々手間取ったが、何とか小楷湖町に住む代表者の連絡先を手に入れた。

声からの印象だけだが、電話口に出た佐野《さの》という女性は思っていたよりも若いように見えた。おそらく四十代くらいだろう。

同郷会にどれくらいの人数のメンバーがいるのかはわからないが、ダム竣工から十九年が経っていることを考えると、平均年齢はもう少し高いに違いない。小楷町住民の移転が始まる少し前に十歳だった荒木すら、今はもう四十近い年齢なのだ。

「差し支えなければ、どういう事情からなのか教えていただけませんか」

会の中心にいた人たちも、それぞれの生活環境が変わって集まりづらくなっているのだろう。文乃はそう考えたが、どうやら違うようだった。

「あなた、記者さんよね？　どこかの雑誌の……」

「いえ、あの……フリーのライターなんですけど……」

こういう時、名の知れた出版社や雑誌に所属していないことが、いつも歯痒く感じられる。相手にもよるが、フリーとなると、あまり信用してもらえないことも多い。

「ちょっと複雑な事情で、ご夫婦揃ってご不幸があった方がいらして……」

文乃は少し妙に思った。高齢者が多いなら、病気などで他界する人がいてもおかしくはないが、果たしてそんなことで交流自体を控えるようなことになるだろうか。

だが、それについて聞くのは、少し踏み込み過ぎかもしれないと思い、それ以上問い質《ただ》すのはよすことにした。拒否されたり警戒されてしまっては元も子もない。

「そうでしたか。あの……小楷町をテーマにずっと絵を描き続けている荒木一夫さんという画家がいるんですが、ご存じですか」

電話の向こう側で少し考えるような間《ま》があった。

「……ええ」

女性の声がそう答える。

「小さい頃に小楷町に住んでいたことがあるらしくて、もし、自分のことを覚えている人がいれば話をしてみたいと……」

「そうねえ……」

また考えるような間。

「じゃあ、皆さんに聞いてみて、またこちらから連絡するわ」

張り合いのない声で女性が答える。お礼を言って電話を切り、文乃は机の上に置いてあるノートパソコンを開いた。

眠かったが、調べたことをまとめて、少し書き付けておくことにした。

荒木一夫と関係があるかどうかはわからないが、整理しておきたいと思ったのだ。

小楷ダムのビジターセンターでコピーを取った資料や、奥付をメモして古書などで手に入れた資料が、机の上には山積みになっている。かなり古い新聞の縮刷版もあった。

まず文乃が気に掛かっていたのは、「ツキノネ」の件だった。

正直、古河に言われるまでは、荒木一夫に関するルポルタージュを書くにせよ、かつて小楷村であった「根ノ教事件」に関しては取り上げるつもりはなかった。「記憶の画家」という、どこか洗練されたイメージとはあまりにかけ離れていて泥臭く、宗教色や政治色の強い事件なので、荒木と絡めて書くのは、ちょっと躊躇われたからだ。

そもそも「根ノ教」は、根元キクという一人の女性が開祖になっている。

調べてみると、この人は、特に若い頃から巫女《みこ》なり尼なり、宗教的な修行を積んできたというわけではないようだ。本名は衣笠《きぬがさ》キク。開祖として宗教上名乗っていた「根元」というのは旧姓らしい。

神懸《かみが》かりというのだろうか。キクがいわゆる神様からのご託宣である「御真筆《ごしんぴつ》」を下ろすようになったのは、四十歳を過ぎてからのことだ。

文献によると、キクはかなりの苦労人だったらしい。

キクは後妻として十七歳の時に衣笠家に嫁《とつ》いだ。

衣笠家は、当時の小楷村では最も早く養蚕の事業を始めたパイオニアだった。管理する者がおらず、殆ど廃社のような状態になっていた「蔟神社」の本宮の岩屋を、蚕種紙の保存庫として活用し始めたのも、この衣笠家のキクの夫だったらしい。

養蚕のための桑畑を営む土地も衣笠家は所有しており、小楷村では、比較的、裕福な家だったが、夫の方は再婚で連れ子がいた。キクは玉《たま》の輿《こし》というよりは、子守と家事、養蚕業の労働力として、ただ働きの女中のような扱いを受けていたようだ。これは当時の女性の扱いとしては珍しいことではなかっただろう。

間もなくキクは、娘の兼子《かねこ》を産むが、病弱だった夫に結核で先立たれてしまう。衣笠家は夫の弟が当主となり、キクは夫の連れ子と兼子の二人を押し付けられて衣笠の本家から追い出される。

仕方なくキクは小楷村からはだいぶ離れた「夷狄河原」に掘っ立て小屋同然の家を建て、炭焼きの手伝いなどで僅《わず》かな金銭を得て糊口《ここう》を凌《しの》ぐ、赤貧の生活を始めることになる。

キクが妙な霊験《れいげん》を現すようになったのは、この頃からだ。

最初は小楷村に住む女たちが、後には近隣の他の村からなども、このキクと二人の娘が住む小屋に、金銭や貢ぎ物などを手に、相談に訪れるようになった。これが後の「根ノ教」の始まりだった。

そして、キクの生涯に大きな影響を与える出来事が起こる。

十四歳になったキクの娘の兼子が、働きに出ることになった。

養蚕が盛んだった小楷村では、あまり裕福でない家の女の子は、繭の卸し先である横浜にある製糸工場に年季奉公に行かされることが多かった。

衣笠兼子も、ご多分に漏れず製糸工場に住み込みで働き始めたが、そこで工場主の次男坊に見《み》初《そ》められた。嫁入りした時のキクもそうだったようだが、兼子はかなり器量が良かったらしい。

この工場主の次男坊というのが、後に「根ノ教」のキーパーソンになる、衣笠剛造《たけぞう》という男である。

一介の女工を、妾《めかけ》などではなく己の妻にしたエピソードからもわかるように、この剛造という人物は、少し変わり者だったらしい。

反対を押し切って兼子を嫁にした剛造は、家から勘当を受け、キクのところに婿養子に入ることになった。

それでもやはり、剛造は実家の製糸工場には影響力を持っていたのか、かつてキクを追い出した衣笠の本家は、繭の卸し価格など、条件面であれこれと元請けである製糸工場から制裁を受け、徐々に凋落《ちょうらく》していく。キクがそうするように剛造に促したのかどうかはわからない。

キクが、「御真筆」を下ろすようになったのはこの頃からだ。

これには諸説あり、実はこれを書いていたのは剛造だったのではないかとも言われている。

何故なら、キクはきちんとした学校教育を受けておらず、平仮名の読み書きすらできなかったからだ。神懸かりによって書かれた御真筆は、初期の頃から難解な漢字や言い回しが使われていた。

剛造と兼子の婚姻も、「根ノ教」の旗揚げも、御真筆による託宣ということになっていたが、御真筆は後に、「根ノ教」に於いては証文のような権威を持つことになる。

キクに神託を授ける「ツキノネ」という神様の言葉が、他の何よりも大事だという考えからだ。

客観的に見ると、黎明《れいめい》期の「根ノ教」は、単に狐憑《きつねつ》きのような症状を患《わずら》ったキクという女性がいて、その神秘性に目を付けた剛造という身内によってブランディングされたものだという見方もできる。カリスマがいて、それを上手くコントロールできるマネージャーが存在したというような状態だ。

問題は、この「ツキノネ」だった。資料によっては、「月ノ音」「憑き《ツキ》ノ根」などと字を当てているものもあるが、「根ノ教」の御真筆に現れるものは「ツキノネ」で統一されている。

どういう神様なのかはよくわかっていない。ただ、生き神だという話もあり、「根ノ教」の信者が撮影したと言われている、新聞に掲載された写真も一枚だけある。小楷ダムビジターセンターで、古河が見ていた資料に転載されていた写真だ。

見たところでは、十歳くらいの少女に見えるが、これも専門家の間では、本物かどうかを訝しむ声が多い。生き神というわりには人前に姿を現すこともなく、建前上、そういうものが実在すると信者たちに示すためにアリバイ的に撮影されたものなのではないかという説が、今のところは有力だった。

「ツキノネ」というその神様は、小楷地域で古くから信じられていたものだと剛造は後に語っているが、それを示す古文書なども見つかっていない。

だが、小楷地域には、おそらく根元キクの生家とも関わり合いがあるのではないかと思われる民話のようなものがあった。これはまったく別の資料というか、小楷町の郷土資料にあったものだ。

正平《しょうへい》年間（一三四六〜一三七〇年）の頃にあったという話で、一種の「長者物語」のような言い伝えだ。

新田義興《にったよしおき》という南北朝時代の武将がいる。新田義貞《よしさだ》の次男で、父が対立していた足利尊氏《あしかがたかうじ》の死後に挙兵して、最期は多摩川の矢口渡《やぐちのわたし》で殺されている人物だ。死後は怨霊となり、謀殺の首謀者などを祟《たた》り殺しているが、新田大明神として祀《まつ》られ、慰霊された。

この義興の家臣に、根元長治《ながはる》という男がいた。主君を失った長治は、ごく少数の一族郎党を引き連れ、人跡も稀な小楷峡谷の奥地に移り住む。

長治は入道し、一族ともども、落ち武者狩りから逃れるために隠れ里を作り、人目を避けて暮らし始める。

ところがある日、根元入道の娘が、川で洗い物をしている際に、うっかり漆塗りの椀を流してしまう。椀は小楷峡谷を流れる川……つまり現在は小楷ダムとなっている谷間の川を流れ、小楷村の住民に見つかってしまう。

人の住んでいない上流から、高価な漆塗りの椀が流れてきたことを訝しんだ村の男が小楷峡谷に分け入っていくと、そこには立派な御殿が建っていた。

男は小楷村に取って帰り、村民たちに事情を話す。椀に押されていた金箔《きんぱく》から、それはおそらく新田家の落ち武者であろうということになり、炭焼きで細々と暮らしていた貧しい小楷村の者たちは、落ち武者狩りの報奨金と根元一族の金銀財産を奪うのを目当てに、鋤《すき》や鍬《くわ》、鎌などを手に夜襲を掛ける。

一族は皆殺しにされ、誤って椀を流した根元入道の娘は、頭姿森というところに逃げ込むが、そこで髪に挿していた金のかんざしで喉を突き、自害した。後に村人たちはこの娘を憐《あわ》れみ、かんざしをご神体として祠《ほこら》を作り、娘の霊を祀ったという。

これが、小楷地域に残っている、根元入道とその長者屋敷の物語だ。

わりと類型的な話で、似たようなものは日本各地にある。

文乃は民俗学には明るくないが、この言い伝えのポイントはおそらく、地域外から来た他者が村に何か利益をもたらしたこと、恩恵を受けたにも拘わらず、その相手を殺していること、自害した娘に何か畏《おそ》れがあり、祠を作ったというエピソードの三つだろう。

新田家の落ち武者とか、隠れ里の御殿とかは、もっと新しい時代に、言い伝えに後付けされたものように思える。

調べてみると、小楷町から少し離れた上流部には根元姓が多く、キクが特別、何か深い因縁のある旧家の出というわけでもなさそうだった。

気に掛かるのは「頭姿森」というやつだ。該当するような地名や、それらしい場所は、かつての小楷町や周辺地域には存在しない。

同様に、エピソードの中に出てくる、「かんざしをご神体とした祠」らしきものも、実際に存在するわけではないようだった。

念のため文乃は、蔟神社がダム建設によってどうなったのかを調べてみたが、K県中心部のS市内にある大きな神社に合祀《ごうし》されていた。それを行った宮司も健在で、直接、電話で話すことができたが、当時は蔟神社を含む周辺の小さな社の宮司をいくつも兼任していたらしく、蔟神社も管理は主に氏子たちが行っていたそうで、詳しいことはわからないらしい。社殿や鳥居などの施設は取り壊されることなく、そのまま湖底に沈んでいるのではないかということだった。

話を「根ノ教」に戻すと、婿入りした衣笠剛造には商才があったらしく、間もなく勘当を解《と》かれて製糸工場の経営に役員として復帰すると、次々と事業を起こし、会社を大きくした。今でいう起業家のような側面もあり、横浜で発行されていた赤字経営の新聞社に目を付け、当時のお金で五十円を出して買収した。これらは全て、キクの「御真筆」に導かれたことだと剛造は語っている。

これが「根ノ教」の発展の兆《きざ》しとなった。

実業による潤沢《じゅんたく》な資金を背景に、剛造が買収した新聞社は東京に支局を構える。紙面の多くを、古神道をベースにした宗教論に割《さ》き、それを元に世相や政治経済、文化芸術に至るまで論じる独自の姿勢が、一部に熱狂的な読者を生んだ。予測の多くが的中し、後には紙面に於《お》いて、関東大震災の発生する前には、それについて言及し、防災を促す記事なども掲載されている。

ある意味、「根ノ教」は、メディアを布教の戦略に利用した、初めての宗教と言えるかもしれない。世界的にも心霊主義が注目されていた頃で、この時期には、日本国内でも現在に至るまで続いている新宗教がいくつも産声を上げている。

皇道や日本人の美徳や誇りを説き、古神道について言及する「根ノ教」の教義は、とりわけ軍関係者などに受けが良く、海軍機関学校の幹部が入信したことが大きく影響して、大日本帝国海軍を中心に信者が急増した。「根ノ教」は本拠を小楷村から横浜に移し、同時期に、華族や文化人などの信者も増やし、影響力を増していく。

文乃は考える。

元々、キクが始めた「根ノ教」には、古神道的な思想はなかったのではないだろうか。キクが近隣の住民を相手に始めた、身の上相談レベルの牧歌的な信仰に、後から入ってきた剛造が、後付けであれこれと宗教的な理念や政治的な思想を持ち込み、肥大化させたもののように見える。それはキクの死後、さらに顕著《けんちょ》になっていく。

剛造は自らも「ツキノネ」の神託を得るようになったと言い出し、古神道とは相反する思想を語り出した。記紀神話を否定し、「ツキノネ」こそが唯一の生き神であり、「根ノ教」こそが神道

祥伝社　7月の最新刊

韓国で30万部突破!

「書店員が選ぶ今年の本」(2017)に選ばれた
感動のベストセラー小説がついに。

アーモンド

ソン・ウォンピョン
矢島暁子 訳

扁桃体《アーモンド》が人より小さく、怒りや恐怖を感じることができない
十六歳のユンジェは、目の前で家族が通り魔に襲われたときも、
無表情で見つめているだけだった。
そんな彼の前に現れた、
もう一人の"怪物"との出会いが
ユンジェの人生を大きく変えていく——。

■長編小説
■四六判ハードカバー
■本体1600円+税
978-4-396-63568-8

"感情"がわからない少年・ユンジェ。
ばあちゃんは、僕を「かわいい怪物」と呼んだ——

珠玉の人間ドラマ
×絶品グルメの五つ星小説!

ランチ酒 おかわり日和

原田ひ香

バツイチ、アラサー、
犬森祥子《いぬもりしょうこ》の職業は
〈見守り屋〉。
依頼が入ると、
夜から朝までひたすら人やものを見守る。
夜勤明けの疲れを癒すのは、
絶品ランチ酒。
明日はどんな味に出会えるだろう?

978-4-396-63566-4

■長編小説 ■四六判ソフトカバー
■本体1400円+税

好評既刊

ランチ酒
■四六判ソフトカバー
■本体1400円+税
978-4-396-63534-3
生きる力が湧いてくる!
心を癒し、胃袋を刺激する絶品小説。

ツキノネ
乾 緑郎
ROKURO INUI
彼女をそこから
てはいけない――
老夫婦惨殺現場で
保護された
身元不明の少女、
十九年前、
ダムに沈んだ町を
精密に描く
天才画家、
その絵に魅入られる
女性フリーライター。
三人が出会うとき、
開くはずのなかった
扉が開く。
イラスト／青依青
978-4-396-63569-5

道化師の退場
太田忠司

の本道だと言い出した。これは天皇を現人神《あらひとがみ》とする国家神道とは正面から対立する思想だった。

この辺りから、「根ノ教」周辺には暗雲が立ち籠め始める。

第一に、剛造が社主を務めていた新聞が不敬を理由に発禁を受け、剛造自身も新聞紙法違反と不敬罪で逮捕される。同時期に海軍関係者の信者の粛清《しゅくせい》があった。

第一審で剛造は懲役五年の実刑判決を受けたが、控訴中に大正天皇の崩御《ほうぎょ》があり、大赦令《たいしゃれい》によって免訴となる。だが、逮捕の影響は大きく、新聞社は倒産、剛造が経営していた製糸工場も連鎖的に倒産することになる。実刑は免《まぬか》れたが、剛造は大きな借金を背負うことになった。

極めつきは、剛造の死に方だった。

何もかも失い、小楷村に戻ってきた剛造は、妻の兼子を手に掛けて殺した後、自らも命を絶った。兼子の首を切り落として殺したとか、自殺の場所は蔟神社だったとも言われているが、詳細は不明だ。これが「根ノ教事件」の顚末《てんまつ》だった。

それらの内容をノートパソコンの画面に向かってまとめているうちに、壁の時計を見ると、時刻は深夜の一時近くになっていた。

荒木一夫に関するルポルタージュを書く上で、役に立つのか立たないのかもわからない内容だったが、テキストエディタに向かって文字を打っているうちに、頭の中が整理されてくる感じがした。

後は、「ツキノネ」こと、折原弥生が、老夫婦殺害事件に巻き込まれる以前にネットに投稿していたという動画について調べたかったが、いくら検索しても、ネット上でそれを見つけることはできなかった。

古河の話によると、事件の影響で、「ツキノネちゃんねる」が投稿されていた動画配信サイトでは番組ごと削除《バン》されているらしく、他の配信サイトでも同様で、現在、それらの動画を見られる場所はないようだ。

後はP2Pなどのファイル共有ソフトを利用して探すくらいしか方法はなさそうだが、ネットやパソコンなどにあまり詳しくない文乃としては、少々二の足を踏んでしまう。

代わりに、事件が報道された当時の新聞や雑誌、ネットニュースなどの記事はいくつか入手できた。保護された「ツキノネ」こと弥生が未成年だと推定されていたため、「ツキノネちゃんねる」の画面のスクリーンショットが掲載されている記事も、基本的には弥生の顔の部分にはモザイクなどの処理がされている。

どうやら「ツキノネちゃんねる」は、いわゆるネトウヨと呼ばれる人種に人気があったらしい。

主に政治や経済の動向の他、災害などの予言を配信し、それがあまりにもよく当たるということで評判だったが、その一方で、皇道や日本人の美徳や誇《ほこ》りなどを説くような内容のものも多く、顔の一部を隠した十歳くらいの美少女がそんなことを語る姿は、そういった人種の心を摑みやすかったのだろう。あまりにも年齢に不相応なことを語っていたため、ツキノネの背後には別の人物がおり、台本があって彼女に語らせているのだという説もあった。

老夫婦を殺害した、日高勇気という青年も、そんな「ツキノネちゃんねる」のフォロワーの一人だった。

自らも動画配信を行っていたようだが、登録者数は百人にも満たない、いわゆる「底辺配信者」だった。内容もツキノネに比べると遥かに程度の低い保守政権称賛や、批判にもなっていないリベラル系野党への罵倒《ばとう》や外国人へのヘイト発言などが中心だったようだ。こちらも現在はネットで見る手段はない。

日高は、ある時期からツキノネの配信した動画のコメント欄などで執拗にツキノネに絡むようになった。

最初は好意を寄せるような書き込みが多かったが、ツキノネは基本的にはコメントは無視なので、そのことで勝手に怒りをエスカレートさせ、ツキノネの個人情報と住所の特定を宣言していたようだ。匿名掲示板サイトでも、たちの悪いストーカー的なツキノネ信者として名が知られていたらしい。

いくつかの雑誌などが臆測で記事を書いているが、コメントを無視され続けてツキノネに怒りを募《つの》らせていた一方で、小学校すら通ったことがないというツキノネの発言に同情も寄せており、ツキノネが配信で語っていた、「同居している血の繋がらない老夫婦」が、ツキノネを監禁しているのであろうと勝手に妄想を膨《ふく》らませ、殺害を企《くわだ》てたのだと考えられている。

後から警察の捜査で、日高本人によるものだと判明した匿名掲示板サイトなどに残っていた書き込みから推察すると、日高は老夫婦殺害後、ツキノネを救い出すと称して誘拐するつもりだったらしい。連れ帰ってツキノネをどうするつもりだったのかは、日高が行方不明となっている現在は謎のままだ。

そう。日高は今も行方不明だった。

事件からだいぶ時間が経ってしまい、世間では風化してしまっているが、逮捕されたという記事は、文乃が調べた限りでは見つからなかった。

その代わり、妙な噂《うわさ》をいくつか目にすることになった。

行方不明の日高が、スマホから書き込んでいたという匿名掲示板のコメントだ。「なりすまし」だと言われているが、何やら妙に気に掛かる内容だった。

まとめサイトもできているが、要約するとこんな感じだ。

「ここどこ？　誰もいないんですけど」

「さっきまで都内にいたのに、どこかの田舎町みたいなところにいる。空気ウマー」

最初のうちは、こんな感じの書き込みで、あまり深刻さは感じられない。

やがて、あまりの人の気配のなさに不安になってきたのか、どうやって帰ったらいいか問う形になってくる。

「一一〇番しろ」

そうアドバイスを書き込んだ者への返信が、この書き込みをしているのが日高なのではないかといわれるきっかけとなった。

「無理。捕まる」

「何やったんだよｗ」

「じじいとばばあ殺した。でもあれ本当にあったことなのか、自分でもわかんなくなってきてる」

「ネタ乙」

「残念ながらネタじゃない」

「トリつけろ」

トリとは、「トリップキー」のことだ。

匿名掲示板などで、同一人物による書き込みであることを証明するための暗号キーである。

これが、日高が使っていた固定ハンドルのトリップキーと一致し、掲示板上は一時的に騒然となった。

「おまわりさんこっちです！」

「本物？」

「通報しました」

「やめろｗ　とりあえず実況よろしく」

そんな無意味なやり取りの中に、時々、日高と思われる書き込みが混ざる。

「何か駄菓子屋みたいなの見つけた。でも誰もいない」

「腹減ってるし、金もないし、勝手にパンとか食ってもいいよな？」

「人殺しが何をいまさらｗ」

「住所の表示板とかないの？」

「あった。小……なんとか町。うはw　字が難しくて読めん」

そんなやり取りの後、最後は、「やべ。もうすぐスマホの充電切れる」という書き込みで終わっている。

どうしてトリップキーが、日高の固定ハンドルと一致したのかはわからないが、これは一応、ネット上では「ネタ」で「なりすまし」だということになっている。

溜息をつき、文乃はノートパソコンを閉じた。

何となく、壁に掛けられたカレンダーに目をやる。予定がいくつか書き込まれており、お盆のところに横に線が引かれ、「古河、キャンプ」と書かれていた。

啓介さんは明後日からキャンプか、と文乃はそれを見ながらぼんやりと考える。

珍しく、電話を掛けて古河の声を聞きたいと思ったが、この時間では迷惑だろう。

お盆の時期は、毎年、古河は施設の子供たちのキャンプに付いていくが、今年は古河が責任者というか、計画の立案からしており、小楷ダムの上流にある「夷狄河原オートキャンプ場」を行き先に選んだようだった。何度か文乃と周辺に赴いて、土地勘があるからだろう。

バザーの時に、上手く弥生と仲良くなれていたら、文乃も手伝いで参加してみようかと考えていたが、難しくなってしまった。

折原弥生は、いったいどこから来た子なのだろう。

ふと文乃はそんなことを考えた。「現代のカスパー・ハウザー」などと取り沙汰《ざた》していたマスコミの報道も、日高の件と同様、今は沈静化してしまっている。古河の話だと、弥生が何者なのかについては、未だに不明のようだ。

机の端に山積みになっている資料から、文乃は『大正昭和期小楷村に於ける根ノ教への宗教弾圧についての考察』と表題にある冊子を取り出す。以前に小楷ダムのビジターセンターで、古河が興味を示していた書物だ。発行している大学の出版局に問い合わせ、入手したものだ。

それを開き、掲載されている「ツキノネ」だと言われている写真を文乃は眺める。

新聞に掲載された古い写真を、さらに複製しているせいで粒子が粗く、鎮座《ちんざ》している少女の人相などはよくわからない。十歳くらいの女の子だと言われれば、そんな風にも見えるといった程度だ。

百年以上も前に撮影された、この写真に写っている女の子と、そしてつい先日、児童養護施設で会った弥生と呼ばれている女の子。

そんなことは有り得ないとわかっていながら、ふと、同一人物なのではないかと文乃は考える。

弥生は未就学なだけでなく、出生届を出された形跡もなかったという。老夫婦に子供はなく、弥生との血縁はなかったらしい。例えば赤ん坊の時に誘拐などの被害にあったという線も、今のところ浮上していないようだ。

だが、小楷町にかつてあった「根ノ教」の生き神であった「ツキノネ」と、動画配信者の「ツキノネ」こと弥生の間には、いくつもの共通点がある。

事件があった、都内にある一軒家に、ちょっと足を運んでみようか。

不意に文乃はそう思った。事件現場がどこだったかを調べるのは、それほど難しくはないだろう。

行ってみて何があるというわけでもないだろうが、ツキノネこと折原弥生が住んでいた家というのを見ておきたかった。

文乃は溜息をつく。児童養護施設のバザーに出掛けて行った時のことを思い出すと、今もまだ胸の奥にちくりとしたものを感じる。

あの時、私が見たものは何だったのだろう。あの白い芋虫は、たぶん蚕だ。緑色の葉は、桑だろうか。

手の甲で瞼を拭いながら泣いていた弥生、文乃の臑を蹴ってきた男の子の、きっとした表情。文乃を見る周囲の冷たい視線。

何よりも、古河に悪いことをした。きっと取り繕うのに大変だったに違いない。

そう思い、また文乃は溜息をついた。

13

「あの……すみません」

事件があった家の門の前に立ち、スマホでその外観を撮影していた文乃に、声を掛けてくる女性がいた。

「あっ、はい、何でしょう」

慌てて文乃は返事をする。写真撮影していたことを咎《とが》められるのかと思ったからだ。

事件があった家は、東京都下の多摩地区にあった。

近くに玉川上水《たまがわじょうすい》が流れる、郊外の雰囲気を残した一角である。

周囲には、まだところどころ畑などが残っており、少しずつそこに家が建って、新興住宅地に移行しつつある。そんな土地だった。

新聞や雑誌の記事や、ネット上の情報などから、ある程度、場所の当たりはつけてから現地に足を運んできたが、思っていたよりもすぐに目的の家は見つかった。

持ち家だったのだろうか、住民がいなくなってひっそりとした一軒家は、事件当時のまま残されていた。

築年数は見ただけではわからないが、三十年は経っていないだろう。

一階は全てシャッターが下りており、二階のベランダの向こう側に見えるサッシもカーテンが引かれている。クリーム色のサイディングが貼られた外壁には、心無い者たちの手により、スプレーで落書きが施されていた。

玄関口には、殺された老夫婦の知り合いや、近隣の人の手によるものか、花束やコップ酒などが供えられていた。萎《しお》れている花束の他にも、比較的新しいものもある。

何やら後ろめたい気持ちもあるにはあったが、一応、画像として収めておこうと、スマホを取り出し、外壁の落書きや供えられていた花束を文乃は撮っていた。

声を掛けられたのはその時だった。

「ご親戚の方かしら？」

「いえ……」

文乃は困って曖昧な返事をする。

女性はやや太り肉《じし》だったが、きちんとしたよそ行きと思われる服を着ており、手にはハンドバッグを持っていた。年齢は四十代前半といったところか。様子から見て近所の人という感じではない。

ふと、その女性の声に聞き覚えがあるような気がした。だが、どこで聞いたのだろう。

「もしかして……前に電話をいただいたフリーライターさん？」

「ええと、あの……」

「小楷町同郷会の佐野です」

文乃が返事に困っているうちに、女性の方からそう名乗ってきた。

「えっ、でも、どうして……」

どうやら以前に問い合わせた時に電話口に出た、同郷会の代表の女性のようだった。

「やっぱり、この件の取材をなさっていたのね……」

佐野と名乗ったその女性は、大きく溜息をついてそう言うと、玄関先に供えられている古くなった花束などを片付け始めた。

「ここ、事件があった場所ですよね」

さすがに、「老夫婦殺害」と口に出すのは憚《はばか》られた。

「そうよ。わかっていていらっしゃったんでしょう?」

佐野が面倒そうに答える。

「その……いや、そうなんですけど、事件と同郷会と、何か関係があるんですか」

文乃がそう言うと、佐野は供え物を片付けていた手を止め、訝しげな表情を浮かべて、値踏みするように文乃を見てくる。

「白々《しらじら》しい……」

「いえ、本当にわからないんです。私、この家で保護された女の子について取材していて、荒木さんとはまた別の件で……」

本当は荒木の件からの繋がりでここに来たのだが、説明が面倒そうだったので、文乃はそう言った。

「お亡くなりになった折原さんご夫妻も、小楷町のご出身よ」

「え……」

「本当にご存じないの? 今年の小楷ダムでの親睦会が中止になったのも、こんな事件があったからで……。皆さん、怖がっているというか、会ったとしても気まずい思いになるだけだろうって……」

そうだったのか。

「あの、すみません。つまり亡くなられた折原さんご夫妻は小楷町に住んでいたってことですか」

「そうよ」

何を当たり前のことを聞いているのかといった様子で、佐野が答える。

「すみません、少しお時間をいただけませんか。どこかでお話を……」

「いいけど……」

困惑したような表情で女性が言う。

「私に聞かれても、小楷町のことはあまり詳しくないのよ。旦那の両親……要するに義母と義父が小楷町の出身なんだけど、高齢になってしまったから、私が代わりに同郷会の事務的なことや連絡係を引き受けているだけで……」

つまり、この佐野という女性自身は、直接には小楷町と関わり合いはないし、その子供や孫の世代というわけでもないらしい。

「それでも結構です。お話さえ聞ければ……」

文乃は必死に食い下がる。

「そう？　ところであなた、折原さんご夫妻と一緒に住んでいた女の子について取材しているんでしょう？　彼女が今、どこにいるかご存じなの？　同郷会の人たちが、みんなそれを気にしていて……」

どういう理由からだろう。気に掛けているということは、老夫婦が殺害される事件が起こる前から、同郷会の人たちは、弥生……いや、ツキノネが折原夫妻と同居していたのを知っていたということなのだろうか。

「保護された少女が、今どこでどうしているかは、私もちょっと……」

その点については、文乃は嘘をついて誤魔化《ごまか》した。古河には職員としての守秘義務があるし、弥生の所在を軽々しく喋ると、本人に何か不利益が生じるかもしれない。

「そう……。まあ、もう『月待講《つきまちこう》』も『お月待ち』も終わりかもしれないから、私としては別にいいけど……」

「え？　何です」

耳慣れない言葉が入ってきたので、思わず文乃は問い返す。

「ああ、『お月待ち』っていうのは、毎年、小楷ダムでやっていた親睦会のことよ。『月待講』っていうのは、同郷会のこと。小楷町に町内会があった頃から、内々にはそう呼んでいたそうなのよ」

「どういう意味なんですか」

「さあ？　さっきも言ったように私は小楷町の出身じゃないから……。お月見みたいなものなんじゃないの。折原さんって、小楷町にあったどこかの神社の氏子《うじこ》総代だったみたいだから、親睦会の集まりも、そんな名前にしたんじゃないかしら」

佐野の口ぶりから、詳しい事情は把握していないことが窺えた。

「ツキノネに会った？」

そう問うてくる荒木に向かって、慎重に言葉を選びながら文乃は答える。

「はい、その、何というか、よく似た子というか……」

「それだけですか？」

訝しげに眉根を寄せ、荒木が言う。

南郷大学のキャンパス構内は、夏休みに入っているからか、学生の姿もまばらだった。どこか遠くから、サックスを練習する音や、演劇サークルが発声練習をする声などが微かに聞こえてくる。

ここに来るのは、いつぞやの「人間の記憶に関するシンポジウム」の際、荒木の個展が開かれた時に足を運んで以来だ。例の『小楷分岐』の絵の前で文乃が失神した時のことだ。

荒木は月に一度、この大学の医学部にある脳神経内科学の研究室で、定期的な診察を受けている。荒木に誘われ、文乃は取材として一緒に訪れたのだ。

診察とはいっても、それは殆どカウンセリングのようなもので、荒木が描いてきた絵を元に、一時間ほど、それについて話すだけのものだ。ＣＴやＭＲＩなどの機器を使った器質的な面での検査は、ずっと以前にひと通り試しているという。

「フランコ・マニャーニについてはご存じなんですよね」

「はい。前にこちらの大学構内で行われたシンポジウムで、先生のお話を拝聴させていただきましたので……」

荒木の記憶に関する研究をしている、脳神経内科学の崎田《さきた》という講師は誠実そうな人物で、治療にのこのこと付いてきた文乃を見ても嫌な顔ひとつせずに対応してくれた。前にシンポジウムで壇上で語っていた人物だ。

「荒木さんのケースは、マニャーニのそれと非常に似ていますが、一番の違いは、マニャーニに於けるポンティトの町とは違って、小楷町はすでにこの世に存在しないという点でしょうね」

崎田は部屋の棚にある本を選んで引っ張り出し、文乃に見せてくれた。

どうやらマニャーニの画集で、海外の出版物のようだ。

「マニャーニは故郷に帰ることができましたが……」

「故郷に足を運んだことで、画風には何か影響があったんでしょうか」

不用意に荒木を小楷ダムに連れ出してしまったことは正しかったのだろうか。

傍らに座っている荒木の方を見ると、大人しく崎田と文乃の会話を聞いている。

「多少は変化しましたけど、基本は同じですね。画集の後半にありますよ」

文乃は膝の上に載せた画集の最後の方を開く。

そこにあったのは、やはりポンティトにある建物を描いた絵だったが、どういうわけかそれが宇宙空間にぽっかりと浮かんでいるという、SF的というか、どこかアンバランスな絵だった。

相変わらず建物部分の描写は偏執《へんしゅう》的に細かいが、それに比べると背景に描かれている宇宙空間や惑星などは、何となく取って付けたような感じだ。

文乃は、崎田のデスクの上に置かれている荒木の絵を見た。

描きかけのものが何枚か重ねられているが、いずれも「蔟神社」をモチーフにした素描だ。鳥居や拝殿、社務所などが、いろいろな角度から描かれている。

「荒木さんの場合は……まあ、顕著な変化は見られませんね。これから出てくるかな」

崎田の言葉に、荒木は困ったような笑みを浮かべていた。

診察は一時間ほどで終わり、荒木と文乃は二人して部屋を出た。

ツキノネに会ったという話を文乃が切り出したのは、そんなタイミングだった。

あまり他人の耳のあるところでしたい話ではなかったので、建物の外に出ると、文乃は荒木を誘い、日陰になっているベンチへと向かった。

日射しは暑く、周囲ではうるさいくらいに油蟬が鳴いている。

「去年、都内であった老夫婦殺害事件をご存じですか。事件の後、身元不明の引き籠もりの少女が発見されて保護されたっていう……」

自販機で飲み物を買ってベンチに腰掛けると、早速、文乃は話を切り出した。

「ああ、『現代のカスパー・ハウザー』ですか？　知ってはいますけど、詳しくは……」

文乃に手渡されたアイスコーヒーを口に運びながら荒木が言う。

老夫婦殺害事件に巻き込まれた女の子が、現在、折原弥生という名前で古河の働いている児童養護施設で暮らしているということを第三者に話すのは、完全に古河の信頼を反故《ほご》にする行為だ。

守秘義務がある職員から聞いた話を、文乃の口から他者に話すことは躊躇われた。マスコミが嗅ぎ付けて施設に取材の申し入れをしてくるとか、未だに行方不明である日高の耳に入って弥生本人に被害が及ぶようなことが起これば、古河が責任を問われることになる。

だが最早、荒木の頭の中に住む女の子と折原弥生が、何の関わり合いもないとは思えない。軽率だとは知りつつ、文乃は荒木に問わずにはおれなかった。

「その女の子、ネットで『ツキノネ』を名乗っていたんです」

文乃がそう言っても、荒木はコーヒーの缶を手にしたまま、困惑した表情を浮かべているだけだ。

「でも、だからといって……」

「殺された老夫婦は小楷町出身者です。同郷会の一員だったそうです」

「だとするなら、『ツキノネ』について、その女の子が聞いたことがあって、そう名乗っていただけとか……」

「さっきも言いましたけど、私、本人に会ってきました」

話が急速過ぎるのか、荒木はどう返事をしようか困っているようだった。

「ちょっと待ってください。どこで……」

「児童養護施設です。知り合いがそこで働いていて……」

「知り合い？　お友達か誰かですか」

「ええ、お付き合いしている人というか……」

どう答えたらいいかわからず、思わず文乃はそう言っていた。

ひと先ず、「折原弥生」という名前と、「緑梓園」という施設名は伏せて、文乃は話を続ける。

「前に、荒木さんの絵……『小楷分岐』を見て失神した時に出会ったのと同じ子です。少なくとも見た目は……」

文乃がそう主張しても、今ひとつ荒木の方は乗ってこず、心ここにあらずといった感じだった。

自分で言いながらも、少しばかり文乃は自信がなくなってきた。

冷静になって考えてみると突拍子もない話だ。文乃がそう感じたというだけで、弥生とじっくり話したわけでもないし、弥生が同居していた老夫婦が小楷町の出身者だったからといって、そのことが直接、弥生に結びつくわけでもない。

「荒木さんも、きっとその女の子に会えば、同じように感じると思うんです」

「会えるんですか？　その子に」

「それは……」

弥生が入所している施設の職員や子供たちの文乃への印象はあまり良くないだろう。

この間のように、園で行われているバザーなどのイベントの日に、しれっと一般人に紛れ込んで荒木を連れて行くというのも、ちょっと難しそうだ。

「文乃さんが僕のことを気に掛けてくれているのは嬉しいです」

残っているコーヒーを呷《あお》るように飲み干しながら荒木が言う。

「だけど、それは少し飛躍しすぎじゃないかな」

「そうかもしれません。でも……」

少し考えて、文乃は口を開いた。

「殺された老夫婦は、折原さんという方でした。ご存じないですか」

「僕が小楷町に住んでいたのは十歳くらいまでのことですから……」

考えるような素振りを見せ、荒木は答える。

「でも、聞き覚えはあるような……。折原という名前は『織物』を連想させるから、確かに小楷町の出身者らしい苗字かもしれませんね」

「荒木さんは今、『蔟神社』の絵を描かれているんですよね」

「ええ」

荒木が頷く。

「いつもはデッサンだけのことが多いんですけど、色彩が欲しいので、水彩で描こうかと思っています。絵具はあまり使ったことがないので、思ったような色合いが出ずに、ちょっと手間取っているんですけどね」

「その『蔟神社』なんですが、今も湖底にそのまま残っているようなんです」

「そうなんですか？　小楷町を離れてから気に掛けたことがなかったんで、知りませんでした」

「神社そのものは合祀されています。一応、郷土史を当たってみたんですけど……」

文乃は自分のバックパックから、持参してきた資料のコピーを取り出して荒木に示した。

「昔は権現《ごんげん》様と呼ばれていたらしいです」

「へえ……」

荒木はあまりピンと来ていないようだった。

「元は蚕影山《こかげさん》大権現の御分霊を祀っていたみたいですね。別当寺《べっとうじ》も置かれていて、江戸時代には小楷村の殆どの住人が檀家となっていたようです」

「神社なのにお寺があったんですか」

「ええ」

明治政府による神仏分離政策が採られる以前では、珍しいことではない。

当時は寺が一種の役所のような役目を果たしていた面があり、檀家に入ることが現在で言うところの戸籍を持つことに近い部分があった。小楷村のような人の少ない小さな村にある古い神社に別当が置かれたのも、そんな事情からだろう。

「でも、明治新政府の神仏分離政策で別当は破壊されました、その頃に蔟神社の主祭神も変わっています」

「はあ」

何故、そんな話を文乃がするのかと、困惑したような調子で荒木が返事をした。

「元は蚕影山大権現を祀っていて、別当寺のご本尊は馬頭《ばとう》観音だったそうです。ダム建設に伴って合祀された主祭神は和久産巣日《ワクムスビ》神で、配祀《はいし》されていたのは大宜都比売《オオゲツヒメ》と月読命《ツクヨミノミコト》でした。いずれも養蚕に深い関わりのある神仏ですけど、妙だと思いませんか」

「何がです？　小楷町は養蚕も盛んだったし、自然だと思いますが」

「ちょっとだけ考えると、確かにそうなんです。でも、順序が逆なんです」

「どういうことです？」

「小楷町で養蚕が盛んになるのは大正期からです。それ以前は、小楷町の主な産業は炭焼きでした。鎌倉時代の永仁年間より以前は、小楷町には殆ど入植がありません」

「えっ、それはどういう……」

「蔟神社は、養蚕が盛んになる以前からそこにあるんです。権現様と呼ばれて、少なくとも江戸期から……」

もっと言うなら、小楷という地名や、周辺の集落の名前なども養蚕を連想させるものが多いが、実際に小楷町で養蚕業が行われるようになるのは、ずっと後なのだ。

「変じゃないですか？」

「いや、そんなことを僕に言われても……。先に、どこかでお昼でも食べませんか」

荒木は少し引き気味で、困惑しているようだった。

「何だか長い話になりそうですし」

「あっ、ごめんなさい……」

今日は荒木の症状に関する治療がどのように行われているのかという取材で、こんな話をするために会ったわけではなかった。荒木にとっても、文乃が語っているのはあまりにも突拍子もない話に聞こえるだろう。

冷静になり、自分でも少し恥ずかしくなってきた。

そんなことを熱心に語っていた自分は、まるで何かに取り憑かれているかのようだった。

「ちょっとお手洗いに行って来ます」

そう言って、荒木が立ち上がった。

「あっ、じゃあ、どこか近くでごはんが食べられるところがないか、スマホで探しておきます」

荒木が頷き、先ほど出てきた大学の建物の中に入って行く。

少し前のめりになりすぎたか。荒木の背中を目で追いながら、文乃はまた、深く溜息をついた。

14

「古河のお兄さん、あんなのと結婚するの？」

オートキャンプ場の管理棟で日除《ひよ》けのシェードなどを借り、河原へと下りて行く道を古河と一緒に運びながら、思わず騎士はそんなことを口にした。

「バザーの時のことは誤解だよ。彼女も悪気があったわけじゃないし、弥生に申し訳ないことをしたって反省しているよ」

古河は、その件にはあまり触れて欲しくないのか、困ったような顔をして答える。

荷物の入ったキャリーカートを引きながら、緩やかな坂の下を見ると、拳大の大きな石で埋め尽くされた河川敷に色とりどりのテントやタープが張られているのが見えた。あちこちでバーベキューの煙などが上がっている。

騎士たち、「緑梓園」のグループは、その中でも奥まった一角にスペースを陣取っていた。穴場的なキャンプ場らしく、この時期でもぎゅうぎゅうに客で賑わっているという感じでもないが、施設の職員や大学生のボランティアまで含めて二十人以上の大人数のグループなので、遠くからでもそれなりに目立つ。

寝る場所は、いくつかのコテージに分宿となっていたが、夕方からはバーベキュー、日が暮れたらキャンプファイヤーをやる予定で準備が始まっていた。

「ありがとう。助かったよ。騎士も水浴びしてきたら？」

河原は石だらけなのでキャリーカートはそれ以上進めず、シェードの他に炭の入った箱や薪《まき》の束《たば》などを何度か往復して運び終えた。古河が首に掛けたタオルで顔に浮かんだ汗を拭いながら、騎士にそう言った。

「俺はいいよ」

手渡された麦茶のペットボトルに口を付けながら、騎士は川の流れの方を見る。

キャンプ場の傍らにある清流は、川幅が広い割には浅いらしく、中央部でも、せいぜい子供の膝くらいの深さしかないようだった。

安全のために職員やボランティアに見守られながら、弥生を含む何人かの子供たちがそこで水浴びをして遊んでいた。

中高生は、一時帰宅する者の他に、夏休み中はアルバイトに精を出す者も多く、参加者で最年長は小五の騎士と弥生の二人だった。

弥生は学校用のスパッツタイプのワンピース水着で、長い髪を押し込んできちんと水泳帽を被っている。

相変わらずの無表情だったが、きっと弥生は楽しんでいるのだろう。騎士はそう思った。そもそも弥生は極端すぎて、興味のないことには指一本動かそうとしないし、気に入ったことには妙な集中力を発揮する。

低学年の子供たちが周囲ではしゃいだり水を掛け合っている真ん中で、弥生は手にしたライフル型の大きな水鉄砲で、川面の上を飛んでいる赤とんぼ……ナツアカネだろうか、それを撃ち落とそうと黙々とスナイパーのように狙《ねら》っている。

荷物を運んで汗を掻いたので、水浴びは気持ち良さそうだったが、騎士は火おこしの方が楽しそうだと考え、そちらを手伝うことにした。

大学生のボランティアの指示で、点火された炭が全体に赤くなるまで、ひたすら団扇《うちわ》で扇《あお》ぐ。

結局、このお盆も騎士の一時帰宅は叶わなかったが、ゴールデンウィークや昨年の暮れの時のような気分とは、だいぶ違っていた。それはたぶん、弥生がいるからだ。

弥生は黙々と赤とんぼを狙っている。さすがに撃ち落とすには至らないが、諦めずに続けている横顔は真剣だった。

ふと、弥生が赤とんぼを撃つ手を止め、こちらを振り向く。

そして騎士と目が合った。長い髪の一房《ひとふさ》が、水泳帽からはみ出ている。日射しは強く、緩やかに流れる渓谷の川の水面にきらきらと照り返していた。

つい見とれてしまった騎士の姿を見て、弥生が口元に微かな笑みを浮かべる。

慌てて騎士は目を逸らし、止まっていた手を再び動かして炭を扇ぐ。パチパチと爆《は》ぜる音がして、小さな火の粉が上がる。

暫くしてから、ちらりとまた弥生の方を見ると、他の子たちと一緒に岸に上がり、大きなタオルで体を拭いているところだった。


「話って何だよ、弥生」

コテージに備え付けてあった非常用の懐中電灯を手に、昼間約束していた、キャンプ場の出入口近くのゴミ置き場に来ると、もう弥生は先に待っていた。

「騎士、遅い」

ゴミ置き場のブロック積みの建物の陰で、何をするでもなく膝を抱えてしゃがんで待っていた弥生は、騎士の姿を見るなりそう言った。

「そんなこと言ったって、引率の大学生が寝るまで出てこれねえよ」

子供たちは数名のグループごとにコテージに宿泊し、それぞれの棟には必ず施設の職員かボランティアの大学生が一緒に泊まっている。

キャンプで興奮がちな他の子供たちが寝静まり、引率の大学生が寝るのを焦る気持ちを抑えながら待って、やっとの思いで物音を立てないようにして騎士はコテージから抜け出してきたのだ。

それにしても、と騎士は思う。

こういうことには比較的はしこい騎士でも、こっそりとコテージから出てくるのは苦労したのに、よくあっさりと弥生は出てこられたものだ。

時計を持っていないのでよくわからないが、おそらく時刻は深夜零時を回っている。

——今夜、みんなが寝静まったら、ゴミ置き場の裏に来てください。

弥生がそう騎士に耳打ちしてきたのは、夕方にみんなでキャンプファイヤーを囲んでいた時のことだった。

ギターの得意な年輩の職員が、騎士の知らない昔のフォークソングを気持ち良さそうに弾き語りしているのを、半ば退屈しながら聴いていた騎士のところに、とことこと弥生が歩いてきて、騎士が椅子代わりに腰掛けていた丸太の横に座った。

体の側面が触れ合うほどの近さで、ぴったりと寄り添うように弥生は腰掛けると、騎士の耳に息を吹きかけるように、そう言ったのだ。

「えっ、何？」

思わず騎士はそう声を発し、弥生の方を見る。

すぐ近くに弥生の顔があった。猫のように大きな瞳で騎士を見つめており、焚き火の炎が、顔にできた影をゆらめかせている。

「ずっと待ってますからね。絶対ですよ」

弥生は騎士の手をぎゅっと握ると、そう付け加えた。薄い桃色をした弥生の唇の間から漏れてくる息は、何だか甘い香りがした。

「おっ、いい雰囲気だね。何の相談？」

騎士と弥生の様子を見た大学生のボランティアが、茶化すようにそう言うと、弥生は立ち上がり、また同じように、とことこと歩いて行ってしまった。

「お前、うるせーよ。失《う》せろ」

照れを紛《まぎ》らわせるために、騎士はその大学生に向かって鋭く言い放つ。

大学生は少し怯《ひる》んだ様子を見せ、もっと小さな子たちの輪の方へ逃げるように去って行った。

「肝《きも》だめしをしに行きませんか」

ゴミ置場の傍らに座っていた弥生が、そう言って立ち上がる。

薄いグレーのスウェットの上下で、足下はサンダルだった。寝間着のまま抜け出してきたのだろう。騎士も寝間着代わりのジャージ姿だったが、一応、靴は履いてきた。

「肝だめし？」

こんな夜中に呼び出して、何をするつもりなのかと思っていたが、騎士の方は拍子抜けする気分だった。

「面白い場所を知っています」

弥生は騎士の手を握ってきた。

その手は冷たく、指は細くしなやかだった。騎士の胸がどきりと高鳴る。

騎士の手を引き、弥生は歩いて行く。深夜なので管理棟には人もおらず、あっさりと騎士と弥生はキャンプ場のゲートの外に出た。

「どこ行くのさ」

「ダムの方」

弥生が短く答える。

深夜だからか、舗装された県道には車の行き来もなく、五十メートルほどの間隔で立っている、あまり光量があるとはいえない街灯の他は、これといった明かりもない。

正直、暗い道を二人だけで歩いて行くのは怖かった。

「やめとこうぜ。こんな夜中に勝手に出歩いたら、騒ぎになるし……」

「騎士は乱暴な割には真面目ですねえ」

「面白い場所ってどこだよ」

弥生に怖じ気《おけ》づいているのを見透かされたような気がして、騎士は虚勢を張って言う。

この「夷狄河原オートキャンプ場」に来るのは、弥生も初めての筈だ。

到着してからも、キャンプ場から出歩いたりはしていない。

「ちょっと困っていることがあるのです」

質問には答えず、弥生はそんなことを言い出した。

「何がだよ」

手を繋いで歩きながらも、一応、騎士は話を聞く体勢となる。

「古河のお兄さんが結婚の約束をしている女、どう思います?」

「ああ……」

バザーの時に、古河が連れてきていた女の人だ。

「私はあの女、嫌いです」

「誤解だって言ってたよ、古河のお兄さんは……」

だが確かに、あの女は何かしらの嫌悪感をもって焼きそばの入った容器を放り捨てていた。

「あの女、私に嫉妬《しっと》しているのです」

「嫉妬？　何でさ」

「私に古河のお兄さんを取られると思っているのです、きっと」

騎士には話がまったく見えない。

「あの女と結婚しても、古河のお兄さんは幸せにはなれません」

「そうなのかな？　でも、そんなことどうでもいいじゃん」

「古河のお兄さんは、私のことが好きだって言いました」

「そうなの？」

どういう意味だろう。

「二人きりの時に、接吻《せっぷん》も交わしました」

「せっぷん……て何？」

「チューです」

「何だって」

思わず騎士は足を止める。

弥生が振り向く。二人の間にはちょうど街灯が立っており、弥生の表情を明るく照らしていた。

「私と古河のお兄さんは愛し合っています。だからあの女は邪魔なんです」

一瞬では頭の中を整理できず、騎士は戸惑う。

そんなことを古河がするわけがない。だが、そうは思っても手が震えた。

外面《そとづら》のいい大人たちを、騎士は何人も見てきている。そして裏切られてきている。

「ちょっと待って。それは二人でいる時に、無理やりチューされたってこと?」

「無理やりではありません。それにチューだけではないですよ」

弥生が口元に微かな笑みを浮かべる。

「それ……すぐに誰かに言わないと……」

「駄目です。私は嘘つきだと思われているから、信じてもらえません」

弥生が、その大きな目で、じっと騎士を見つめてくる。

瞳は潤《うる》んでおり、やがて目尻から涙が溢れ出した。

「騎士も大人たちと一緒ですか」

「……俺は信じるよ」

気がつけば、騎士は思わずそう答えていた。

「騎士はそう言ってくれると思いました」

目元を拭いながら、弥生は頷く。

「でも、誰かに言うのは駄目です。古河のお兄さんが施設をクビになってしまいます」

「だったら……」

「今度、あの女が施設に現れたら、やっつけようと思っています。私一人では何もできません。騎士は協力してくれますよね」

「やっつけるって？」

「殺すとか」

「え……」

思わず騎士は声を失う。

「冗談です。古河のお兄さんに近づかないように、何かお仕置きしてあげるのです」

弥生は常に真顔なので、まったく冗談に聞こえない。

「でも……」

絞り出すように騎士は言う。

「もし弥生が、古河のお兄さんに何かされてるんだったら、やっぱり……」

「だから、さっきも言ったように私と古河のお兄さんは愛し合っているのです！」

地団駄を踏むように、弥生はサンダル履きの足で何度か地面を踏みつけた。

あまり感情を顕《あら》わにしない弥生にしては、珍しいことだった。

弥生は生まれてからずっと引き籠もっていたようだし、世間知らずだ。

そこを付け込まれて、古河に懐柔《かいじゅう》されるか脅《おど》しでも受けているのかもしれないと騎士は思った。そう思い込まされているのではないかと。

そうだとすると、酷い裏切りだと思った。騎士は、何となく古河を尊敬していたのだ。

「行きましょう」

不意に弥生が、再び騎士の手を引いて早足で歩き出した。

この気まぐれさはいつもの弥生のままだ。

それからはあまり言葉も交わさず、三十分ばかり歩くと、やがてキャンプ場の下流にある大きなダムに出た。パンフレットにも書いてあった、「小楷ダム」だろう。

周遊道路のガードレール越しに湖を見ると、風もなく、鏡のようになった水面に、丸い月が映っていた。

遠くには、山と山を繋げるように架かっている大きな橋が、シルエットになって浮かんでいる。

「あの辺り」

不意に弥生が手を上げて湖面を指差す。

「私がずっと住んでいた岩屋があります」

弥生がそう呟いた途端に、ふっと湖に湛《たた》えられた水の透明度が極限まで増したかのように、湖底までが月の明かりに照らされ、顕わになったように見えた。

「あ……」

思わず騎士は言葉を失う。

一瞬ではあるが、舗装された道路や標識、残された家屋が、そこに見えた気がした。

そして弥生の指差した先には、山の斜面を何回も折り返しながら登っていく石段と、その斜面に貼り付くように建っている神社、そして朱《あか》い鳥居があった。

音を消して近づいてくるパトカーのパトランプに騎士が気づいたのはその時だった。

そちらに気を取られた瞬間、騎士の目に映っていた幻のような光景も、掻き消えていた。

15

——大塚さんは気を悪くしたのではないか。

ベルトコンベアを流れてくるショートケーキに苺《いちご》を載せるだけの作業を黙々とこなしながら、荒木一夫はくよくよとそんなことばかり考えていた。

もしかすると、文乃があれこれと調べてきてくれた小楷町の件などについて、聞き流し過ぎたかもしれない。正直、文乃がしていた話は突拍子もなく、話し方の熱心さも相俟《あいま》って、何かに取り憑かれたかのような、ちょっと不気味な雰囲気があった。

だが実際のところ、荒木が文乃の話にうわの空になっていたのは、話の内容ではなく、「お付き合いしている人」がいるという、文乃の何気ない発言が心に引っ掛かっていたからだった。

自分はいったい何を期待していたのだ。

恥ずかしさと虚しさで、やり切れなくなってくる。

薄い衛生用の手袋越しに、苺を箱の中から摘まみ上げては、機械で押し出された生クリームの上に載せる作業を続けているうちに、ふと、周りの景色にモザイクが掛かっていくような感覚が襲ってきた。

まずい、と荒木は感じた。

これは以前、治療を受け始める前によくあった症状だ。

今いる場所が徐々に崩れ去っていき、頭の中に小楷町が起ち上がってくる感触があった。この数年は上手くコントロールできていたものが、突如、自分でも制御できない形で現れた。

何とか意識をこちら側に止《とど》めようと必死に荒木は抗《あらが》ったが、不意に体から力が抜け、そのまま前のめりに卒倒する。

ベルトコンベアを流れてくるショートケーキが、衛生着の胸の下で潰れ、上半身が少しだけラインに運ばれて、そのまま転がるように床の上に荒木は倒れた。誰かがコンベアの緊急停止ボタンを押したのか、ブザーが連続して響く音が聞こえた。

だが、パン工場の床に投げ出された筈の荒木の意識は、そこにはなかった。

工場のリノリウム張りの床ではなく、石床の冷たく硬い感触。

暗闇に目が慣れてくると、割合に低い天井が見えてきた。

そこは石室のような場所だった。広さは三メートル四方といったところだろうか。空気は黴《かび》を含んでいるのか、嫌な臭いがした。

天井の中央には、六十センチ四方ほどの開口部があった。床には錆《さ》び付いた何かの残骸《ざんがい》。倒れたまま、ゆっくりと荒木は室内を見回す。格子状に組まれた木枠があり、それが岩屋の一角を仕切っている。その向こう側に見覚えのある少女がいた。

ツキノネだ。

黄ばんだ襦袢《じゅばん》のようなものに身を包んだツキノネが、じっと荒木を見ている。

「もうすぐ、この辺りは水の中に沈むみたいですね」

呟くようにツキノネが言う。

「そうしたら、魚が遊び相手になってくれるのかな。だったら、今よりずっといいですけれど」

これは蚕に食われて失われていた記憶の一部だ。荒木はそう考えた。

「……ここを出たら、誰かに助けてもらえるよう頼んでみるよ」

「私に会ったって言ったら、殺されるかもしれませんよ」

これはいつの会話なのだろう。答えながら荒木は考える。ずっと昔、自分が子供だった頃に交わされたものだ。

「ずっと昔、ここから私を助け出そうとしてくれた男の人が殺されました。外人さんで、言葉は通じなかったけれど」

溜息まじりにツキノネが言う。

「キクや剛造は上手くやったけど、最後は結局、元通り」

何やら口惜《くや》しげに唇を噛みながらツキノネが言う。

「剛造は優しかったから好きだった。愛し合っていたのに、兼子のやつが……」

やっと落ち着いてきて、荒木は上半身を起こした。

「こっち来て」

その気配を察したのか、ツキノネが荒木を呼び寄せる。

言葉に抗うことができず、荒木はそちらへと躙《にじ》り寄った。

三十センチほどの間隔で縦横に格子になっている角材の隙間から、ツキノネがこちらを覗いている。

「手を伸ばして。私に触れて」

荒木はツキノネの言う通りにした。

格子の間から向こう側に伸ばした手をツキノネは握り、それを自分の頬へと誘導する。

「あなたにだけ教えてあげます。近く、『鬼怒』で山崩れがあって、何人か死にます」

「え……」

「人は勘違いするかもしれませんが、それは私が起こしたことではなく、勝手に起こることです。あなたも死ぬかもしれません」

「そんな……」

この少女が口にすると、本当にそんなことが起こるようにしか思えなかった。

「でも、あなたが『頭姿森』になってくれるなら……」

「げっ、こいつ、吐きやがった！」

不意に荒木の意識が引き戻された。

そこは元のパン工場のリノリウム張りの床の上だった。

ちょうど荒木は、横向きに胎児《たいじ》のように体を丸めて床に倒れていた。口元から饐《す》えた臭いがし、胃が激しく痙攣している。荒木の顔は、自分が吐いた吐瀉物《としゃぶつ》の中に埋もれていた。

朦朧《もうろう》とした気分で辺りを見回すと、同じラインで働いていた、衛生帽にマスクを着けたパートやバイトの面々が集まって、心配そうに荒木を上から覗き込んでいる。

「大丈夫？」

そのうちの一人が声を掛けてくる。

「いえ……その、すみません」

「勘弁しろよ！　清掃と消毒でライン停止じゃねえか。ノルマがあるってのに……」

覗き込んでいる人たちを掻き分けるようにして、例の茶髪のライン担当の社員が顔を現した。

先ほどの「吐きやがった！」という声も、この社員が発したものだろう。

「ゲロ吐いてライン止めたんだ、責任取れよ責任！　賠償だ賠償」

続けて何かを蹴り上げる音。物にでも当たっているのか。

「ちょっとあんた、いい加減にしなさいよ！」

さすがにこれにはたまりかねたのか、パートの年輩の女性が社員に食ってかかった。

「今まで黙ってたけど、もう我慢できないわ。あなたこの人に、何度も連勤させてたわよね？

それできっと体調を崩したのよ」

「き、今日は連勤じゃなかっただろ！」

パートに口答えされた経験がないのか、社員の男が狼狽《うろた》えた声を上げる。

「何が賠償よ。労基法違反だわ。あなた、訴えてやりなさいよ」

興奮気味の口調で、パートの年輩の女性が床に倒れている荒木を煽《あお》ってくる。

「労基署に通報しようぜ。俺、証人になるし」

「俺もこいつに連勤強要されたことあるぞ」

よほどパートやバイトに恨みを買っていたのか、他の者たちも口々にそんなことを言い出した。

「と、とにかく先に医務室に……」

途端に弱腰になった社員の男が、小さな声でもごもごと言う。

「救急車だろ！」

誰かが鋭い口調で怒鳴った。

緊急停止のブザーと、この騒ぎに、他のラインで働いていた者たちや、作業着の下にネクタイを締めた事務方と思しき者たちも集まってきた。

固く絞った濡れタオルを渡され、荒木は担ぎ起こされる。

どうやら社員の男が言っていたように、ひと先ずは医務室に連れて行かれるらしい。

ふらふらとした足取りで歩きながら、荒木は思った。

もしかすると自分は、あの日から魂の抜け殻《がら》になったのではないかと。

「騎士、お前、昨夜は小楷ダムまで行っていたそうだね」

起きだしてきた騎士に向かって、古河は少し強い口調でそう言った。

「ボランティアの人が深夜に気づいて、大変な騒ぎだったんだぞ。事故が起こらなくて良かったけれど……」

騎士が布団の中におらず、コテージの窓の鍵が開いているのに気づいた大学生のボランティアが、引率者である古河のところに慌てて報告に来たのは、夜中の二時過ぎのことだった。

他の子供たちに気がつかれないよう、慎重に何人かの職員たちを起こし、他にいなくなっている子がいないか確認すると、別のコテージに泊まっていた弥生もいなくなっていた。

二人で申し合わせて抜け出し、どこかへ行ったのだろうということになった。

ひと先ず、キャンプ場内とその周辺を手分けして探したが見つからず、道に迷って暗い中、キャンプ場に戻れなくなっているのかもしれないと、警察に通報するかどうかを職員たちで検討し始めたところで、その警察から小楷ダム付近の周遊道路に二人でいたところを保護したと連絡があった。

年輩の職員に引き受けに行ってもらい、深夜でもあったので、帰ってきた二人はそのまま別の棟で寝かせたが、今日は少しきつめに叱らねばと古河は思っていた。

あまりそういうことはやりたくはないが、今日、予定していたアクティビティへの参加は禁止して、反省のため、弥生と二人で待機させるつもりだった。もちろん、その場合は、古河も一緒に残ることにした。行事の方は、事前に各所への段取りは済んでいるので、他の職員に任せられる。

だが騎士は、古河の言葉を無視して、ぷいっと横を向いてしまった。

「返事くらいしろよ」

その態度に、古河も思わず強い口調になる。

だが、騎士は今まで見たことのないような眼差《まなざ》しで古河のことを睨んできた。

騎士は後先考えずに切れやすい性質だから、今までだって何度も古河とは衝突しているし、暴言を吐かれたり、摑みかかってきたり、手や足を出されたことも数え切れないほどある。

だが、今日の騎士の感じは少し違っていた。怒りとか不満とは違った感情が、その視線には混ざっていた。喩えるなら、軽蔑とか嫌悪とか、そういう類いのものだ。

他のコテージからも、続々と職員や大学生に引率されて、眠そうな目を擦《こす》りながら子供たちが起きてきた。

これからキャンプ場の炊事場を借りて、簡単な朝食をみんなで作り、それから小楷ダム方面にハイキングに行く予定だった。

弥生の姿はまだ見えない。今日のハイキングには参加せず、夕方までは古河と一緒にコテージに残って反省文を書くことにすると、二人揃ってから告げるつもりだった。

起きてきた子供たちの方に気を取られ、古河が騎士から目を離した一瞬の隙だった。

不意に騎士がポケットから何か取り出し、それを両手で握って構えるのが目の端に見えた。尋常ではないものを感じ、古河はそちらを振り向く。

騎士の手には、ナイフが握られていた。薪を細く切るためのバドニングに使う、少し大きめのナイフだった。

「おい、騎士……」

危ないからそんなものを向けるのはやめろと、冷静に古河が言おうとした時である。

渾身《こんしん》の力を込めて、騎士が体ごと古河にぶつかってきた。

同時に、鋭いナイフの先が、鳩尾《みぞおち》の下に突き刺さってくる感触があった。

不思議と、痛さは感じなかった。それよりも、何が起こったのかという気持ちの方が強かった。

炊事場の水道の前に並んで顔を洗ったり歯を磨《みが》いたりしていた子供のうち、それに気づいた子が叫び声を上げる。

古河は足を縺《もつ》れさせ、その場に尻餅《しりもち》をついた。

薄手のTシャツ越しに、ナイフが突き刺さっている光景が、何だかコントでも見ているようで妙に滑稽《こっけい》に思えた。じんわりと、刃が刺さっている周りに血が滲み始めている。次第に動悸が乱れ、呼吸が苦しくなってくる。

ナイフの柄から手を離し、立ち尽くしている騎士を古河は見つめる。

「何をやってるんだ！」

古河が刺されたことに気がついた他の職員が、慌てて騎士を羽交《はが》い締めにしたが、騎士は呆然としてしまっていて、暴れる様子もない。

大学生のボランティアが悲鳴を上げ、小さな子供たちが伝播《でんぱ》したかのように次々に泣き始める。

意識が朦朧としてくる。尻餅をついた体勢から、力が抜けるように古河は上半身を地面に横倒しにした。

ぼやけてくる目の端に、他の子供たちからは少し遅れて、弥生が歩いてくるのが見えた。

そして古河の様子に気がついて、舌を出してあっかんべーをするのが、気を失う一瞬前に、古河の目の端に映った。


古河がキャンプ場で刺されたという知らせを文乃が受けてから、もう数時間が経っていた。

実際に事件が起きてからだと、もう半日近くが経っている。

文乃がそれを最初に知ったのは、お昼に流れていたニュースからだった。

『今日午前七時頃、K県の夷狄河原オートキャンプ場で、児童養護施設職員の男性が、同施設に入所している少年に刺されるという事件があった。職員の男性は軽傷。少年は保護され、警察が動機などについて事情を聞いている。両者は、他の職員や子供たちと一緒に、サマーキャンプに訪れている最中だった』

ニュースの内容は、大まかにはそんな感じで、キャンプ場の映像とともに、三十秒にも満たないスポットニュースとして伝えられた。

具体的な児童養護施設名や、刺された職員や刺した少年の名前は報道されなかったが、今現在、夷狄河原オートキャンプ場に訪れている施設といえば、古河の勤めている「緑梓園」しかないだろう。

虫が知らせ、文乃は数度しか会ったことのない古河の両親の携帯に電話を掛けた。

やはりというか、刺されたのは古河で、両親には施設から連絡があり、入院先の病院に向かっている最中だということだった。

文乃もすぐに向かうという旨を伝え、入院先の病院を教えてもらった。

古河はすでに病院で手当てを受けており、命に関わるような怪我ではないという。だが、見知った施設の子供に刺されたという事実に、強い精神的ショックを受けているということだった。

取るものも取りあえず大急ぎで仕度すると、文乃も病院に向かうために、住んでいるワンルームマンションから飛び出した。

正午はもう過ぎていたが、古河は小楷湖町内にある病院ではなく、都市部であるS市内の大きな病院に救急搬送されているという。小楷ダム周辺に行くよりは、いくぶんは早く着くだろうが、それでも二時間はかかる。

何があったのだろうと文乃は思った。

頭にちらつくのは、弥生の顔と姿だ。

でも、何で古河が刺されなければならないのだ。

最寄りの駅に辿り着くと、文乃はタクシーを拾い、病院に向かう。

待合室には古河の母親がおり、文乃にすぐに気がついてくれた。

「文乃さん……」

泣き腫《は》らしたのか、古河の母親は、目の周りを真っ赤にしている。小柄で品がよく、きっと古河はこの母親の血を受け継いだのだろうというような優しい雰囲気があった。

「お母さん、大丈夫ですか。しっかり」

立ち上がった古河の母親の肩を抱くようにして、文乃はもう一度、古河の母親を座らせた。

話を聞くと、手術は終わり、命の心配はないようだった。大きな血管や重要な臓器への損傷はないが、腸が少し傷ついており、回復には二、三週間かかりそうだということだった。今は古河は休んでおり、すぐに面会はできないという。

待合室には古河の働いている児童養護施設の職員や、警察関係者らしき人もおり、それぞれ事情を聞いたりしている。文乃は、古河の母親に寄り添ってやることにした。

周りの人たちの話し声が耳に入ってきて、少しずつではあるが、事件の輪郭《りんかく》が察せられてきた。どうやら古河を刺したのは、あの徳田騎士という男の子らしい。

通報を受けて駆け付けた警察に、すぐに保護され、今は所轄の警察署で調査中ということだった。

予定を一日早く切り上げてキャンプは中止となり、正午頃に他の子供と職員たちは、急遽《きゅうきょ》手配したバスで東京に戻ったらしい。

誰かに聞くわけにもいかないが、おそらく弥生も一緒に帰ったのだろう。

背中を丸めて顔を覆い、小刻みに震えている古河の母親の背を擦《さす》りながら、妙な不安が文乃の胸の内に広がってくる。何かおかしなことが起こっている。

そのまま文乃は、遅れて到着してきた古河の父親と三人で、開いている病室を借りて病院に泊まった。

古河の回復の様子を見て、面会可能と医師から告げられたのは、翌日の午過《ひるす》ぎだった。

先に母親だけが面会し、少ししてから警察関係者がベッドで横になっている古河を相手に事情聴取を始めた。

一時間ほど待たされ、漸《ようや》く文乃は、古河と面会することができた。

「騎士を……責めないであげて」

病室に入ってきた文乃の姿を見るなり、色合いを失った唇を薄く開き、微かな声で古河が言った。

文乃の目元からも、思わず涙が零《こぼ》れた。自分は古河のことをあまり好きではないのではないかもしれないと疑っていたが、心から安堵《あんど》している自分に気がつく。

「騎士のやつ……何であんなことをしたんだろう……」

ぼんやりと天井を見つめながら古河が言う。

その口調や様子から、実際に受けた怪我以上のショックを受けていることが見て取れた。

16

「騎士がそんなことを言っているんですか……?」

「うん。もちろん誤解だということはわかっているけどね」

古河の心に、刺された時の傷とは別のちくりとした痛みが走る。

救急搬送されたS市内の病院に十日間ほど入院した後、容態《ようだい》の安定してきた古河は、「緑梓園」が用意した車で東京に戻ることになった。

暫くの間は仕事を休み、通院しながら職場復帰のタイミングを見るということになっていた。目の前で起こった刺傷事件のため、キャンプに参加していた子供たちは動揺している。

騎士の方は、所轄の警察署から児童相談所への通告を受け、そちらに一時保護されている。刺傷事件なので、おそらく家庭裁判所に送致され、審判を受けることになるだろうという話だった。

もう騎士が「緑梓園」に戻ってくることはないだろうと、ワゴン車を運転している同僚の職員は言った。他の子供への影響が強すぎるので、審判の結果、少年院や児童自立支援施設などへの送致にはならなかったとしても、おそらく別の施設への移転になるだろうという見解だった。

最初のうち、騎士は古河を刺した理由について「前から気に入らなかったから」「前夜にコテージを抜け出したことを叱られてむかついたから」などと言って誤魔化していたらしいが、長く事情を聞かれているうちに心が折れたのか、本当の理由を喋った。

古河は入所している女子児童に、性的ないたずらをしている。

前夜に弥生からそう聞いて腹が立ち、制裁のために刺したというのだ。

人の見ていないところで、古河が弥生にキスを強要したり、それ以外にも、何かいやらしいことをしている。騎士の話だと、弥生はそう言ったらしい。

自分は嘘つきだと思われているから、大人に相談しても誰も信じてくれない。だから年齢の近い騎士にだけ打ち明けて相談したのだと、弥生から言われた。

それで騎士は、古河への怒りを形にしたのだ。

騎士は古河のことを信頼しており、兄のように慕《した》っていて、尊敬もしていたという。だからこそ、裏切られたという気持ちが強く働いたらしい。

もちろん、古河はそんなことはしていない。だが警察は、騎士の証言を重大に受け取り、施設に戻っていた弥生からも事情を聞くことになった。ところが弥生本人は、騎士にそんな話はしていないし、施設で性的な虐待などは受けていないと答えた。

警察は、入院中の古河にも、あれこれと厳しい質問を繰り返したが、他の職員たちの証言などもあり、一応、誤解は解けている。

だが、新聞におかしな記事が載ってしまった。

『キャンプ場での児童養護施設職員の刺傷事件に、施設内での性的虐待の疑い』

そんな見出しで臆測記事が掲載され、今、「緑梓園」は、たいへんなことになっているらしい。

施設に子供を預けている保護者からの問い合わせだけでなく、子供の人権を守る団体や、一般人からの苦情の電話、果ては興味本位のイタズラや、マスコミからの取材の申し込みまで、施設の機能が止まってしまうかというような状況になっている。

職員だけならまだしも、施設で暮らしている子供たちにまで声を掛け、取材を行おうとするマスコミまでいるらしく、子供たちの生活にも影響が出てしまっているようだ。

弥生がどうしているのか心配ではあったが、こんな状況で施設に出勤するわけにもいかない。事情はどうあれ、施設に迷惑を掛けた形なので、退職も考えなければならないかもしれないと、漠然《ばくぜん》と古河は思っていた。

自宅のマンションに戻ると、そこには文乃が待っていた。

部屋の鍵は渡していたから、古河が帰ってくる前に掃除などをして準備をしてくれていたようだった。

「大丈夫?」

「いや、あまり大丈夫ではないけどさ」

自嘲《じちょう》気味に笑い、古河は久しぶりに自分のマンションの部屋に入った。

刺された傷よりも、いっそ騎士の将来のことや、世間の風当たりの方がつらかった。

送ってきてくれた施設の先輩職員が去ると、ひと先ず古河はベッドの上に横になった。

文乃が夕飯の準備をしてくれており、部屋の中には食欲をそそる良い匂いが漂っている。

「君は、何とも思わないの」

「何が」

キッチンの方から文乃が答える。

「マスコミに出ている記事のこととか」

そのことで文乃や両親などに誤解されているかもしれないというのが、一番の気掛かりだった。

「あんなの出鱈目《でたらめ》でしょ？　警察も、もう疑っていないって聞いたけど……」

文乃は平静な口調でそう答える。

「ありがとう」

古河はそう口にするのが精一杯だった。不意に目頭に涙が込み上げてくる。気にしていないつもりだったが、心の奥底では深く傷ついていたようだ。

「お父さんもお母さんも心配していたわ。後で少し落ち着いたら、退院してこっちに戻ってきたって連絡した方がいいんじゃないかしら」

「うん、そうする」

古河の入院中、文乃は古河の両親とまめに連絡を取り合って励ましたり、報道されていることの実際との違いを伝えるなど、だいぶ気を回してくれたらしい。

そんな文乃の態度がありがたかった。こういうことがあった時に、文乃はもしかしたら離れて行ってしまう人なのではないかと思っていた自分が恥ずかしく感じられる。

「何がいいかわからなくて……。食べるのきつかったら残していいから」

そう言いながら、文乃は玉子雑炊の鍋と、簡単なサラダなどの食事を狭いテーブルに並べた。

「シャワ!はいいんだよね? 手伝おうか」

あまり会話も弾《はず》むことなく食べ終えると、気を遣って文乃の方からそう言いだした。

「うん。お湯に浸《つ》かるのはまだ駄目だけど……ありがとう」

少し恥ずかしかったが、古河は素直に親切を受けることにした。体が汗でべたついており、さっぱりしたかった。

「君の方の仕事はどうなってるの? 例の、荒木さんとかいう……」

他に話題も見つからないのと、あまりキャンプで起こった事件には触れて欲しくなかったのもあって、古河は何となく問うてみた。

「それが、連絡が取れなくなっちゃって……」

テーブルの上の食器を片付けながら、文乃が困惑した声を出す。

文乃が取材していた荒木一夫という画家は、パン工場に非正規雇用社員として勤めていたが、作業中に倒れ、それから職場に姿を現さなくなったらしい。

荒木は携帯電話にも出ず、心配して文乃が職場に問い合わせてみたところ、わかったらしい。

「ついこの間、荒木さんが通っている大学の脳神経内科学の研究室に、私も取材で同行したんだけど……」

困ったように首を傾げ、文乃は言った。

「その時には、特に変わったところはなかったんだけどね」

書類などのやり取りのために、荒木の現住所は聞いているが、まだ直接、足を運んではいないらしい。

相手は大人だ。単に避けられているだけなのかもしれず、携帯電話が繋がらなくなったくらいのことで自宅にまで押し掛けていいものかどうか、文乃は迷っているようだった。

「原稿の進み具合はどうなの？」

「それが……荒木さんのことについて書くつもりだったのに、どんどん明後日《あさって》の方向に行ってる感じで……」

そう言って文乃は溜息をついた。

つい一か月半ほど前、「ツキノネ」こと弥生に会いたいと言っていた文乃を連れて、施設のバザーに行った時のことを古河は思い出した。もうずっと昔のことのように思える。

「古河のお兄さん、あの女と結婚するんですか」

あのバザーの翌日、弥生がそんなことを古河に聞いてきたのを思い出す。

その日も古河はレクリエーションルームで書類作成の作業をしていた。職員室の机を使わず、そちらにあるテーブルを使っていたのは、少しでも子供たちとコミュニケーションの場をつくるために古河が心掛けていることだった。

その時は古河一人しかいなかった。これは珍しいことだ。

弥生はいつものように甘えるように古河の背中に抱きついてきて、後ろから首に手を回してきた。

「ベタベタするのはやめろって」

古河はやんわりとそう言い、首に回された弥生の手を解《ほど》く。

放っておけばそのうち落ち着いてくるだろうと思っていたが、弥生のそんな行動は、なかなか治まる気配がなかった。

「結婚するんですか」

弥生は体の側面をくっつけるほどの至近距離で古河の隣に座り、見上げるようにして、もう一度、同じことを問うてきた。

「うん」

「やめた方がいいですよ。あの女、私が一生懸命に作った焼きそばを捨てたんですよ。私はとても悲しかったです」

「そうだね。でも、何かの間違いだと思うよ」

文乃は何も言わなかったが、もしかするとバザーで弥生から手渡された焼きそばを文乃が放り捨てたのは、弥生が何かしたのではないかと古河は思っていた。

例えば、焼きそばの中に、虫とか画鋲《がびょう》とかの異物をわざと混入させるとか、そういうことだ。

だが、騎士が怒り出して文乃に絡んできたので、ひと先ず文乃を人気のないところに引き離しているうちに、地面に放り出された焼きそばとその容器の残骸を誰かが片付けてしまい、わからなくなってしまった。

そうなると、無闇に弥生を疑うわけにもいかない。

古河の返事が、張り合いのないものだったからか、少し弥生は意地になってきたようだった。

「私、あの女と会ったことがあります」

「ふうん、どこで?」

書類を見返しながら古河は言う。

こういう人の気を引くようなことを弥生が言い出しても、受け流すことの方が多くなった。

「頭姿森で」

「ん? 何?」

弥生が何と言ったのかよくわからず、思わず古河は問い返した。

「ずしのもり、です。あの女、古河のお兄さんの知らないところで男と会ってます。だからやめた方がいいのです」

「さっきから、何を言っているのかよくわからないな」

少しはっきりと言っておいた方がいいだろうと、古河は弥生に向き合った。

「お願いだから、僕が結婚する予定の女の人を悪く言うのはやめてくれないか」

「古河のお兄さんは、私のことは嫌いですか」

弥生が上目遣いに、潤んだ目で見てくる。本人が意識しているのかいないのか、大人の女のような、媚《こ》びた表情だった。

「嫌いなわけないだろ」

「私は古河のお兄さんのこと、好きです。こんな気持ちになったのは、剛造の時以来かも……」

「たけぞう……？　誰だい、それは」

「私は剛造さんと愛し合っていました。それを兼子が……」

言いながら、弥生はぽろぽろと涙を零し始めた。

それが本当の涙なのか、それとも演技なのかは判然としなかったが、古河は訝しく思った。弥生と一緒に住んでいた老夫婦のどちらも、そんな名前ではなかった筈だ。弥生は自分の出自について何も知らない筈だったが、もしかしたらそれは、弥生が意識的についていた嘘なのだろうか。だが、そんなことをして弥生に何の得があるのか。

「たけぞうに……かねこ？　それは誰？」

古河がそう言うと、弥生は、はっとした表情を浮かべた。

「知りません。そんなこと言ってません」

誤魔化すようにそう言うと、弥生はいきなり古河の首回りに抱きついてきて、唇を重ねてきた。

不意打ちのような形だったので、古河は抗えず、勢いで弥生に押し倒されるような感じになった。

思いのほか弥生の力は強く、がっちりと手と足を古河の体に絡めており、なかなか引き剝がせない。

弥生の舌が、しっかりと閉じられた古河の唇を押し開こうとして、もどかしそうに口の中で蠢いている。

「やめろ」

やっとの思いで弥生の体を突き飛ばすようにして古河は離れた。

「痛いっ」

その拍子に、弥生が声を上げる。

「あっ、ごめん。大丈夫か」

慌てて古河はそう言い、唾液だらけになった自分の口元を服の袖で拭うと、床の上に投げ出された弥生を起こそうとした。

「それは……」

「私はここから出て行きたくありません。古河のお兄さんとずっと一緒にいたいのです」

「テレビ観ていい？」

その時、勢いよくそう言いながら騎士が入ってきた。

「あれ……弥生、何を泣いているの？」

「何でもありません」

手の甲で涙で濡れた目元を拭いながら弥生が言う。

「うん。何でもないんだ」

困ってしまい、古河もそう言った。

「だったらいいけど……」

訝しげな表情で騎士はそう言ったが、それ以上、何か問うてくることもなく、テレビの前に座ってリモコンを操作し、外国で行われているサッカーの試合の中継を見始めた。

すぐに立ち上がり、弥生は小走りにレクリエーションルームを出て行く。

「何してたの？」

弥生が出て行くと、やはり気になっていたのか、再び騎士がそう問うてきた。

「いや、本当に何も……」

肩を竦め、古河は答える。

あの時は、何とも変な空気が室内に漂っていた。弥生の嘘を騎士が真に受けたのは、もしかしたら、あの時のことが頭に浮かんだのだろうか。

「『たけぞう』と……それから『かねこ』って言ったの？」

古河はその時のことを、弥生と接吻を交わしたことだけは伏せて話してみたが、文乃は、妙なところに食いついてきた。

「うん、たぶんね。聞き間違いかもしれないけど……」

弥生がそれを言い出した時の感じは唐突だったから、古河も少し自信がない。

「弥生が一緒に住んでいたっていう老夫婦は、そんな名前じゃなかったと思うけど……」

考え込み始めてしまっている文乃に向かって、古河は言う。

「前に……小楷町であった『根ノ教事件』の話はしたよね」

「え？　ああ」

「小楷町同郷会……ダム湛水前に小楷町に住んでいた人たちの交流会があって、そこの人と会ったんだけど……」

「ごめん。その話、今じゃないと駄目かな?」

今はあまりそういう話はしたくなかった。

事件のあった小楷ダム周辺のことなど思い出したくなかったし、文乃が興味を持っている「ツキノネ」のことも考えたくなかった。

「ごめん……」

古河の口調から、気持ちを察したのか、文乃が小さい声でそう呟く。

「お風呂の準備してくるね」

気持ちを切り替えるためか、文乃は少し明るい声を出すと立ち上がり、ユニットバスの方に去って行った。

ざっと洗っているのか、シャワーがバスタブの底を叩く音が聞こえてくる。

古河はベッドの縁に腰掛けると、ボタンを外してシャツを脱いだ。少し痛みが走り、眉根を寄せる。鳩尾の少し下、騎士に刺された場所には透明の被覆材《ひふくざい》が貼ってあった。抜糸《ばっし》はまだで、一両日中に紹介された病院に足を運ばなければならない。

部屋の真ん中で、古河はシャツと靴下とズボンを脱ぎ、トランクス一丁の姿でユニットバスの扉を開いた。

「下も脱いで」

「うん」

古河は全裸になり、空の浴槽に入った。狭いので、膝を曲げて抱えるような体勢になる。浴槽の外にいる、髪をゴムでまとめて袖まくりをした文乃が、お湯の温度や勢いを調整しながら、丁寧に古河の髪を洗ってくれた。一人でも何とかならないことはなかったが、あれこれ無理な体勢を取ったり手を伸ばしたりしないで済む分、だいぶ助かる。

「さっきの話の続き、聞かせてくれる？」

文乃に手渡された、石鹸《せっけん》で泡立ったタオルで自分の体を洗いながら、古河は言う。

「いいの？」

「うん」

文乃が言い掛けていた話は、何か重要なことのように感じられた。

「弥生ちゃんが一緒に暮らしていた老夫婦というのが……どうもその小楷町同郷会の人だったらしくて……」

「そうなのか？」

児童相談所からの申し送りなどで、ある程度は弥生のこれまでの生活環境は把握していたが、さすがにそれは古河も初耳だった。

「つまり、元々は小楷町に住んでいたってことか」

「他の住人は、小楷湖町とか、周辺のニュータウンに引っ越した人が多かったみたいなんだけど、弥生ちゃんが一緒に住んでいた……折原夫妻は、補償で得たお金で都内に建て売りを買って引っ越したんだって」

それが、老夫婦殺害の事件が起こった場所か。

「その小楷町同郷会の人たちは、弥生のことは知っていたの」

「いいえ」

古河から受け取ったタオルで、背中を流しながら文乃が答える。

「折原夫妻の家に、弥生ちゃんが住んでいたことは、事件が起こるまで知らなかったみたいだけど……」

困惑気味に文乃は言葉を重ねている。

「弥生ちゃんが何者なのかは知っているような……」

「それ、本当なら、警察なり児相なりに伝えなければならない案件だけど……」

だが文乃は首を横に振って答える。

「無理だと思うわ。私もそう感じたっていうだけで、何だかちょっと不気味なのよ。知っていて知らないふりをしているというか」

「そうか……」

何とも言いようのない気分で古河は答える。

「ずっと不思議だったんだけど、小楷ダムの建設計画って、あまり反対運動が起こらなかったみたいなのよね」

「ああ、そうらしいね」

それは以前から文乃が調べていたことなので、古河も何となく知っていたが、気にも掛かっていなかった。

「立ち退《の》きに関しても、補償とかの条件交渉が中心だったみたいだし……」

「どういうこと?」

文乃が何を言いたいのかよくわからず、古河は問うてみる。

「積極的に土地を捨てたがっていたというか、あまり未練のない感じで離れて行っているような印象があるっていうか」

「それがどうかしたの? ダム建設の住民運動なんて、案外、そんなものなのかもしれないよ」

「『月待講』っていうのがあるらしくて……」

躊躇いがちに文乃が言う。

「要するに、小楷町にあった神社……『蔟神社』っていうんだけど、その氏子の集まりみたいなのよね。それがそのまま小楷町の町内会を兼ねていて、今も同郷会に形を変えて残っているってことらしいんだけど……」

「ふうん」

どう答えたら良いかわからず、曖昧に古河は返事をする。

「持ち回りで『ウケモチ』っていうのがあるらしくて……」

「受け持ち?」

言い方のニュアンスがおかしかったので、思わず古河は聞き直す。

「違うの。担当するとか、そっちの意味の受け持ちではなくて、神様の名前らしくて……」

「『ウケモチ』っていう名前の？」

「うん」

憂鬱《ゆううつ》そうな面持《おもも》ちで文乃が答える。

「何だか私、怖くなってきちゃって……」

そして呟くように言った。

「この題材を扱うのって、あまり良くないのかなって」

「何でさ」

「荒木さんの絵の前で失神した時もそうだけど、今回のこととか……」

「何かの祟《たた》りだとでも言いたいの？」

笑い飛ばしたい気分だったが、古河の方も不気味に感じ始めていた。

「そうは言わないけど、私には手に負えないというか、触れちゃいけないものなんじゃないかって」

「もし取材をやめるにしても、荒木さんにはちゃんと連絡を取って、こちらの事情や気持ちを伝えた方がいいんじゃないの」

どうしてこんなことになったのだろうと古河は考える。

弥生のことにせよ、荒木という画家にせよ、文乃とのことにせよ、どこか望まない場所へと引っ張られていっているような感じがした。

「それはわかってる。何とか連絡は取ってみるつもり」

文乃は古河以上に意気消沈しているように見えた。

この題材に文乃が取り組み始めた当初から、古河は一緒に小楷ダムに赴くなどして協力してきた。比較的、前向きな文乃が、こんなに落ち込んでいるところを見るのは初めてだった。

思わず古河は、バスタブに膝を抱えて座ったままの体勢で、浴槽の外にいる文乃の髪に手を伸ばす。

文乃の方から察して顔を近づけてくると、唇を重ねてきた。


濡れた髪をドライヤーで乾かし、古河の住むマンションを出ると、文乃は腕時計を見た。

もう夕方の六時半を回っている。見上げると、空は少し薄暗くなってきていた。

駅に向かって歩きながら、文乃は考える。

殺された折原夫妻の家の前で会った、小楷町同郷会の佐野。

文乃がお願いし、近くの喫茶店に移動して彼女から聞かされた話を思い出す。

佐野自身は小楷町出身者ではなく、夫と義両親がそうなのだが、同郷会の連絡役などの事務作業を任されているということだった。文乃の印象では、佐野は面倒な役回りを押し付けられているだけで、少し同郷会の集まりも気味悪く思っているように見えた。

「年に一度、小楷ダムで行われる親睦会も、『お月待ち』って呼ばれていたんだけど、折原さん夫妻にご不幸があるまでは、まあ普通の集まりだったのよ。それが、折原さんの家に引き籠もりの女の子がいて、その子がネットで『ツキノネ』って名乗っていたと知ったら、うちの義両親なんかも怯え始めちゃって……」

だが、佐野はその理由がわからないようだった。

「連れてきちゃったのねって言ってたわ」

「佐野さんの義理のご両親が、そう言ってたんですか？」

「ええ。折原さんは氏子総代で最後の『ウケモチ』だったから、置いて行くのが怖くなったんだろうって……。水没地域からの移住も、一番遅かったらしいですしね」

「ちょっと待ってください。折原さんは何を受け持っていたんですか」

「ああ、そっちの意味の『ウケモチ』じゃないのよ。紛らわしいでしょう？」

テーブルの上のコーヒーをスプーンで掻き回しながら佐野が言う。

「隠語みたいなものなのかしら。部外者が聞いたら、その『受け持ち』だと思うようにして、何か別の意味があるみたいなんだけど……」

そして佐野の方から身を乗り出してきた。

「あなた、何か知らない？　私も気になっていて」

「いや、私もちょっと、心当たりが……」

あれこれと文乃が取材していると知り、佐野も好奇心に駆られているようだった。

小楷町出身者の間には、何か共通の秘密のようなものがある様子だったが、出身者ではない佐野は、近しい関係であるにも拘わらず、ある意味では部外者の扱いを受けているようだった。それ故に、何なのか余計に気になるのだろう。

明治以前に、小楷村ほかの周辺地域の多くが、蔟神社にあった別当寺を檀那寺《だんなでら》にしていたという。

かつて「根ノ教」を創始した根元キクが嫁いだ衣笠家は、小楷村では最初期に養蚕を始めた農家で、神仏分離令で別当寺が破壊され、殆ど廃社同然となっていた蔟神社の本宮の岩屋を、蚕種紙の保存庫に使い始めたのも衣笠家だった。

弥生が、「たけぞう」と「かねこ」の名前を口にしたという話が、文乃の背筋を寒からしめている。

それはおそらく、キクの娘婿で、キクの死後に「根ノ教」を大きく発展させた、実業家の衣笠剛造と、キクの次女だった衣笠兼子のことだろう。

以前に少し感じていた違和感が文乃の脳裏に甦る。

小楷町周辺の地名や、蔟神社の由来には、養蚕に関連していると思われるものが多い。小楷という地名が、そもそも「蚕飼」にちなんでいるように思えるし、「蔟」も「鬼怒」もそうだ。

もっと言うなら、小楷町出身だった折原夫妻の「折原」という姓にも「織り」が、衣笠剛造や兼子の「衣笠」にも「絹」の意が含まれている。

だが、そう考えると、ちょっと変なのだ。

小楷町で養蚕業が盛んになったのは、大正期から昭和初期にかけてのことだ。

それ以前の小楷地域での主な産業は炭焼きで、人口も少ない小さな村だった。

上流部で紀元前九世紀頃の住居の遺構が発掘されてはいるが、その後は長く人が住んだ形跡がなく、文献上に「小楷」の名が現れるのは、知られている限りでは永仁年間に入ってからだ。

これは小楷ダムビジターセンターで見た郷土史の資料に書かれていたことだ。新田義興の家臣であったという根元長治という人物の長者物語が伝えられている正平の頃から、五十年ほど遡《さかのぼ》った時期となる。ちなみに、根元長治という武士に関しても、文乃の調べた範囲では、どんな資料にも登場しない。

つまり小楷町は、養蚕が盛んになる以前から「小楷」町なのだ。順序が逆なのだ。

蔟神社も、蚕影山大権現を分霊したものだということになっているが、創建された時期については明らかになっていない。

長野県にある諏訪《すわ》大社などもそうだが、創建が古すぎて、元々、祀《まつ》られていた神様がどういうものなのかもよくわからない神社というのは意外と多い。

蔟神社も、最初は岩屋を祠にしていたものが、後から立派な拝殿が建てられ、そこに古神道が合流して祭神が変わったり統一された後に、神仏習合の時期を経て、明治を迎えて神仏分離令の影響を受け、現在に至っている可能性も高い。

そういえば、蔟神社の祭神は元は蚕影山大権現だった。ダム建設で合祀された際の主祭神は和久産巣日神だったようだが、これは蚕影神社の主祭神と一致するから、その御分霊だろう。そういえば、配祀神《はいししん》であった大宜都比売と月読命という神様は、どういう関わりなのだろう。あまり深く考えなかったが、むしろこちらの方が御分霊である和久産巣日神よりも、元々の信仰の形に近いのではないか。月読命は有名な神様だから、何となくわかったような気がしていたが、実はよく把握できていない。「月＝ツキ」という字が入っているのも気に掛かる。大宜都比売の方についてはさっぱりだった。

五分ほど歩いて駅に到着し、改札を通ると、ホームで電車を待つ傍ら、文乃はスマホを使ってその「大宜都比売」を検索してみた。そして現れた内容に、思わず手が止まった。

その時、不意に電車がホームに入ってきた。

「え……」

夕刻だったので、帰宅ラッシュで電車はそこそこの混み具合だった。すぐ目の前を通過して行った車輛の乗降扉の窓に、弥生の姿を見かけたような気がして、思わず文乃は視線をそちらに向け、通り過ぎた車輛を見た。

自動扉が開き、どっと帰宅と乗り換えの人が降りてくる。

弥生の姿を見かけたような気がした車輛まで、慌てて文乃は人を掻き分けながら早足で歩いて行く。

だが、弥生らしき姿はなかった。ホームから下りて行く階段に目をやっても、それらしい後ろ姿は見つからなかった。

——気のせいか。

そう思い、慌てて文乃は発車しようとする電車に飛び乗る。

すぐに扉が閉まり、電車が動き出すと、手に握りしめたままのスマホの画面に目を落とした。

そこには、『大宜都比売。高天原《たかまがはら》を追放された素戔嗚尊《スサノオノミコト》を歓待するため、口や尻から取り出した食物を振る舞おうとするが、それが元で怒りを買い、斬り殺される。古事記にしか登場しないが、日本書紀には、月読命を歓待しようとした保食命《ウケモチノミコト》が、同様に口から吐いた食物を振る舞おうとして殺されるという類似エピソードがある。いずれもその死体から五穀や蚕などが生じる食物起源神話となっている』と書いてあった。


忘れ物でも取りに文乃が戻ってきたのだろうか。

最初、古河はそう思った。文乃が帰ってから、まだ十数分しか経っていない。

ドアホンは鳴り続けている。古河はベッドに横になったままリモコンを操作してテレビを消すと不承不承に立ち上がった。

スリッパに足先を通し、玄関へと歩いて行く。考えてみれば、文乃が戻ってきたのなら自分で鍵を持っている筈だから、ドアホンを鳴らして反応がなければ、合鍵を使って入ってきても良さそうなものだ。郵便か、宅配便か何かだろうか。

古河はドアの中央についている魚眼レンズを使って外を見る。

そこには弥生が立っていた。

驚いて古河はドアを開く。

「古河のお兄さん、会いたかった」

開いたドアの隙間から弥生が部屋の中に飛び込んできて、古河に抱きついてきた。

「どうしたんだ、弥生。学校は？　それに施設の許可はもらってきたの」

「ちゃんともらってきたよ」

直感で嘘だと思った。古河の住んでいるマンションと「緑梓園」は、私鉄で数駅分の距離があるが、古河と会うために弥生が一人で外出することを、施設の職員が許すとは思えない。

「上がっていい？」

玄関先の小さな靴置きの土間に立った弥生は、上目遣いに首を傾げてみせた。

「ああ……」

「おじゃましまーす」

困惑しながら返事をすると、弥生は靴を放り出すように脱ぎ、古河のマンションに上がり込んだ。

転がっている運動靴を揃えて置き、古河も居間の方に戻る。

「へえー、古河のお兄さんはこんな部屋に住んでいるんですね」

感心したように、弥生は部屋をきょろきょろと見回している。

「……弥生が来ているって施設に連絡するよ」

「あっ、ダメです」

古河が、テーブルの上に置きっ放しだったスマートホンを取ろうとすると、慌てて弥生がそれを先に取り、さっと後ろに回して隠した。

「何でさ。許可を取ってきたのなら問題ないだろう」

やはり嘘か。

だったらすぐに、誰かに迎えに来てもらわなければならない。遅くなると心配されるだろうし、この状況で妙な誤解を招くのも嫌だった。

「ごめんなさい。嘘です。でも、少しだけお話しさせてください」

「先に電話を掛けよう。話をするなら迎えが来るまでの間でいいだろう」

諭すように古河が言っても、弥生はゆっくりと頭を左右に振った。

「話はすぐに終わります」

「……わかったよ」

仕方なくそう返事をし、古河はベッドの縁に腰掛けた。

弥生は床に敷かれたカーペットの上に、ぺたりと座り込んでいる。スカートから膝小僧が覗いていた。

「騎士があんなことをするとは思っていませんでした」

改まった様子で弥生が口を開く。

「やっぱり、弥生が何か言ったの？」

警察では、騎士は弥生から、古河に性的虐待を受けていたと打ち明けられ、逆上して古河を刺したと証言していた。

一方で、弥生はコテージを抜け出して騎士と会っていたことは認めたものの、そんな話はしていないと警察には話していたと聞いた。

両者の意見は食い違っていたようだが、やはり弥生が嘘をついていたか。

刺されているのにこんなことを思うのも何だが、騎士は逆上しやすく切れやすいが、そういう人を陥れるような嘘を口にする子ではなかった。

「本当は、少し古河のお兄さんを困らせたかっただけなのです。それを騎士が……」

眉根を寄せ、爪を噛みながら弥生が言う。

「だったら、ちゃんと警察にそう言わなきゃ駄目じゃないか」

古河にしては珍しく、少し苛々してきた。

弥生がついた嘘のせいで、騎士はあんな事件を起こしてしまった。

騎士が、弥生に好意を持っていることは、古河も薄々勘付いていた。騎士は騎士なりの正義感で古河のことを刺したのだろう。事件を起こした騎士自身が、最も深く傷付いているだろうことを思うと、古河はそのことで胸を締め付けられた。

「騎士のことは嫌いだったから、別にいいのです」

古河のそんな思いとは裏腹に、しれっとした口調で弥生が言う。

「子供に興味はありません。それに騎士はすぐに怒ったり暴れたりしますからね」

「何で騎士にそんなことを吹き込んだんだ」

自分や騎士が受けている誤解を解くためにも、この会話は録音しておきたかったが、生憎《あいにく》、古河のスマホはまだ弥生の手の中にあった。

「騎士は馬鹿だから、私の言うことを真に受けて古河のお兄さんに抗議すると思ったのです。騎士が暴れて問題を起こせば、『緑梓園』からもいなくなって一石二鳥かなって」

だとしたら、殆ど弥生の思惑通りに事が運んだということだ。

「でもまさか、話を聞いた翌日に、刃物まで持ち出すとは思ってませんでした。古河のお兄さんが死んじゃったらどうしようって、とても心配したんですよ」

弥生は、見上げるように媚びるような視線を古河に向けてくる。

「それに、性的虐待の疑いが出たら、あの女、古河のお兄さんから離れて行くと思ったので」

「文乃のことか」

思わず古河は低い声で唸る。

「この部屋、嫌な匂いがしますね。男と女の匂い」

鼻をくんくんと鳴らしながら、弥生が部屋の中を見回す。

「駅であの女を見かけました。さっきまでここにいたんでしょう？　怪我をしているのに、いったい何をしていたんですか」

そう言って弥生はベッドの脇にあるゴミ箱の中を漁《あさ》ろうとした。

「ちょっ……やめてくれ」

慌てて古河は立ち上がる。その拍子に、ずきりと刺された場所が痛んだ。

「うっ」

短く声を上げて、古河は傷口を押さえる。

「この部屋でいやらしいことしてたんでしょう？」

再びベッドの縁に腰を下ろした古河に向かって、弥生が言う。

そして投げ出していた両脚を、ゆっくりと開いた。

スカートの奥が見える。弥生は下着を穿いていなかった。

その仕種に不気味さと恐怖を感じ、思わず古河は逃げるようにベッドの縁を移動し、弥生から距離を取った。

弥生が自らの手でスカートをたくし上げると、うっすらと毛の生えた陰部が見えた。

「やめろ。何をやっているんだ」

必死に目を逸らし、古河は少し強い調子で言う。

「私ね、古河のお兄さんや、あの女が思っているより大人ですよ」

弥生の声だけが耳に届いてくる。

「キクにも剛造にも兼子にも、それに折原の爺さんと婆さんにも、外の世界はすごく怖いところだって教えられていました。でも全然、そんなことはなかった。もっと早く外に出てみればよかった」

「脚を閉じてくれ。それから、施設から誰かに迎えに来てもらおう」

そんな古河の言葉を無視して弥生は続ける。

「私ね、年を取らないんですよ。ずーっと、この姿のまま生きてきました」

不意に弥生がそんなことを口にした。

「古河のお兄さんは優しいから好きです」

浅く速く呼吸をしながら弥生が言う。

「剛造も私のことを好きだと言ってくれました。でも最後は兼子にそそのかされて、私を元の岩屋に戻してしまった。だから罰が当たってあんな死に方をしたんです」

「スマホを返してくれ」

弥生が言っていることの意味がわからず、目を逸らしていた古河がそちらを見ると、弥生は目から涙を流しながら、陰部を指でいじくっている。

「やめろ」

その手を摑み、古河は強い口調で言った。

「『緑梓園』はもういいです。学校も楽しかったけど、そろそろ飽きました。私は古河のお兄さんと一緒に暮らします」

「そんなことはできない」

「どうしてですか」

弥生は心から理解できないといった様子でそう言った。

「どうしてもだ」

そんなことは社会的にも許されないし、そもそも古河にそんな気がない。

だが、弥生には常識的な考えは通じそうになかった。

「やっぱり、あの女がいいんですか」

「そういう問題じゃない。でも、僕は文乃と結婚するんだ」

諦めさせるつもりで古河は言ったが、その言葉が弥生を逆上させたようだった。

「兼子……あの女……」

ぎりぎりと歯軋《はぎし》りの音を立てて、弥生が呻《うめ》くように言う。

どうも文乃と、その兼子とかいう女を重ね合わせているようだ。

「痛い。放して」

不意に弥生が冷たい声で言った。

古河は自分でも思っていた以上に強い力で弥生の手首を摑んだままだった。

「あっ、ごめん……」

「痣《あざ》になった」

確かに、弥生の細く白い手首に、古河の指の痕《あと》が赤く付いている。

そして弥生は立ち上がると、部屋のサッシの鍵を外し、マンションのベランダに出た。動きが素早すぎて、古河は止めることもできなかった。

「助けて！」

ベランダに出た弥生が大声を上げた。

「誰か助けて！　変なことされる！」

「何をやって……」

思わず古河は立ち上がる。

弥生は止めようとした古河の脇を擦り抜け、玄関に向かって走って行った。

「待て、弥生」

弥生は玄関のドアを開くと、裸足のまま外に出た。

古河もそれを追い、慌ててサンダルを足先に突っ掛けると、マンションの外廊下に出る。

階段を下りる弥生の背中が、一瞬、見えた。

そちらに向かって古河は走る。古河の部屋は二階にあり、一度踊り場で折り返せば、すぐに道路沿いに出られた。

外はまだ薄暮といったところだった。

道に出たところで弥生に追い付き、思わず古河は弥生が着ている服を背中から摑んだ。

弥生が身に着けているブラウスのボタンが弾け、肌着が露出する。

「助けて！　助けて！」

アスファルトの上に転がりながら、弥生が泣き叫ぶ。

「何やってんだ、あんた！」

帰宅途中だったのだろうか、スーツ姿の若い男が、怒号とともに古河を制止しようと走ってきた。

転んだ拍子に弥生のスカートが捲り上がり、下着を穿いていない小さな尻が顕《あら》わになる。

「いや、違うんです、これは……」

羽交い締めにしてくるスーツ姿の男を振り払おうとして、古河がそう口にした時だった。

大きなレンズを付けた一眼レフカメラを構えた男が、路駐されている車から飛び出してきて、この光景を撮影し始める。

「な、何だ」

直感で、古河の写真を撮ろうと張っていた新聞か雑誌の記者だろうと思った。

ベランダでの弥生の叫び声を聞いて、慌てて機材を手に飛び出してきたのだろう。

弥生がわんわん泣きながら立ち上がり、カメラを手にした男に駆け寄って行く。

「あんた、警察を！」

古河を羽交い締めにしているスーツ姿の男が、声を上げる。

撮影を続けている男に縋《すが》り付いたまま、こちらを見て睨んでいる弥生の姿を見ながら、古河は全身から力が抜けていくのを感じた。

17

画面の向こうから、「ツキノネ」こと弥生がじっとこちらを見て語り掛けてくる。

弥生は口に大きなマスクを着けており、着ている服はピンク色のジャージの上下だ。

場所はおそらく、折原夫妻宅の二階にあった部屋だろう。

語っている内容は、現政権の交代時期や、著名人の死、近々起こる災害についての話が主だが、思っていたほど政治的に偏向してはいない。そんな印象が流布《るふ》しているのは、画面の右側から流れてくる書き込みコメントに、そういうものが多かったからだろう。

それはネットに詳しい友人や仕事上の知り合いに頼んで、やっと入手した「ツキノネちゃんねる」の映像だった。画面は比較的粗く、音声もノイズが多くて聞き取りにくい。

停止ボタンを押し、文乃は手元にある資料を見る。

何度も読んだものだが、一つ、大きなことを見落としていることに気がついた。

根元キクが衣笠家に嫁いできた時、再婚だった相手には連れ子がいた。

このキクの夫だったという人物については、名前なども含めて詳しく書かれている文献は見つけられなかったが、この連れ子というのは、本当は何だったのだろう。

夫が結核で早世すると、キクはこの連れ子と、自らが産んだ娘の兼子の二人を連れて、衣笠家を追い出される。後に兼子は剛造と結婚し、キクの死後は「根ノ教」の中心的人物の一人となるが、連れ子の方に関しては、その後どうなったのか、まったく文献に現れない。注意して資料を読んでいないと、気づかないことだった。

衣笠家は、小楷村では最も早く養蚕業に乗り出した農家である。廃社同然となっていた蔟神社の岩屋を蚕種紙の保管庫として活用し始めたのも、この衣笠家だ。

その岩屋の奥にあったという蔟神社の本宮で、この衣笠家の者が、何かを発見したのではないだろうか。

小楷地域に残る、新田家の落ち武者、根元長治の長者物語を文乃は思い出す。

あれは一種の比喩譚で、新田義興や根元長治などの固有人物の名前は「容れ物」に過ぎず、話の構造自体に何か意味があるのではないかと文乃は思っていたが、隠れ里を発見されるきっかけとなった長治の娘は、村人に追い立てられて「頭姿森」という場所に逃げ込み、そこで金のかんざしで自らの喉を突いて死んでいる。

村人はそのかんざしをご神体として祠に祀ったというが、具体的にその祠がどこなのかは示されていない。

文乃はこの祠というのは、蔟神社の岩屋の奥にあった本宮なのではないかと思っていたが、神社が水没してしまっている現在、残念ながらこれを確認する手段はない。

この場合、祀られたという金のかんざしも、何かを示す比喩なのだと解釈するべきだ。すぐに思い浮かぶのは、「かんざし＝女性」、それも若い女という連想だ。

小楷という地名の語源は「蚕飼」なのではないかとずっと文乃は思っていたが、実際には小楷地域の各所に残る地名や屋号などの方が、大正期に養蚕業が盛んになる以前からあり、古い。

小楷町の上流域では紀元前九世紀頃の住居の遺構も見つかっており、永仁年間には入植もあったので、その頃に一度、養蚕が持ち込まれたのではないかと考えられなくもないが、別の意味合いがあったのではないか。

だとすると、すぐに思い付く当て字は「子飼」だった。そう考えると、何だか嫌な響きだ。

紀元前の遺構が発見された小楷地域上流部には、古河が刺されることになった「夷狄河原」もある。幕末から明治初期にかけての横浜居留地からの外国人観光客の多さから、そんな名前がついたのかと思っていたが、それ以前からの地名だとすると、やはりその周辺に、小楷地域の外部からの侵入者……それが何なのかはわからないが、そういうものがあったのを思わせる。

月待講の「ウケモチ」の意味が、「保食命」からだとすると、あの蔟神社……いや、岩屋の奥にあった本宮は、相当、昔から存在していたのではないだろうか。

そういえば、夷狄河原に観光に来ていた外国人が殺されたという事件もあった。それは、小楷村にまつわる何らかの秘密を見るか知るかしたからなのではないか。

考えれば考えるほど、頭が痛くなってきた。

当初、荒木一夫という画家について書こうと思っていたことから、遠く離れてきている。

弥生が、「たけぞう」と「かねこ」の名を口にしたという古河の証言は、文乃の背筋を寒からしめた。

それはおそらく、「根ノ教」の衣笠剛造と衣笠兼子のことだろう。

「根ノ教事件」は、大正末期、特高警察によって盛んに行われた宗教弾圧事件のうちの一つだが、最期、剛造は妻の兼子に手を掛けて殺し、自らも命を絶っている。

もしかしたら、老夫婦殺害事件の被害者で、児童養護施設にいる、あの折原弥生という少女は、キクが衣笠家に嫁いだ時にいたという、夫の連れ子だといわれていた女児なのではないかと文乃は思い始めていた。

普通の感覚なら、あり得ない話だ。だとすると弥生の年齢は、軽く百歳を超える。

念のため、いろいろと調べてはみたが、そんな極端な長寿の例は見つからなかった。

X症候群という謎の症状で、およそ四歳児程度で成長が止まったまま二十歳まで生きた少女などの症例はあるが、その程度だ。一方で、人間の寿命は、今後二十年ほどの抗老化の研究で、千歳まで延ばすことができるようになると言っている学者もいる。

腔腸《こうちょう》動物や緩歩《かんぽ》動物の一種には、理論上、不老不死に近い生物というのは存在している。実際には物理的な力や細菌感染などの外的要因で死にはするのだが、良好な環境下なら、殺さない限りずっと生命を維持し続けるであろうと言われている生き物がいるのだ。

廃社同然で長らく放置されていた岩屋を保管庫として利用し始めたのは衣笠家の人間だ。その奥にあった本宮に監禁されるなどしていた「ツキノネ」を偶然に見つけ、連れ帰ってキクの元夫の子として育てていたのではないか。

そして、根元キクや衣笠剛造が託宣を受けていたのは、この「ツキノネ」からで、それをもっともらしく「御真筆」としていたのは剛造なのではないか。

そう思われた。実際、弥生がやっていたネットの配信動画で行われていた予言のようなものは、文乃が入手したものを見る限りでも、かなりの具体性を伴って言い当てている。一部ではかなり人気があったというのも頷ける内容だった。

置き忘れられた謎はまだある。

老夫婦を殺害した日高勇気という青年の行方だ。

たちの悪いストーカー的なツキノネ信者だったという日高の気持ちが、文乃はずっとわからなかったが、少しずつ自分も、何か異質な世界に引き摺り込まれているような感触がしていた。

もう、荒木のことで何か書こうという意欲は失せつつあった。

自室のワンルームの床の上に投げ出されたままの新聞の見出しが目に入る。古河が警察に逮捕されたという内容のものだ。

文乃は頭を左右に振り、見出しが見えないようにその新聞を伏せた。

やはり駅のホームで見かけたと思ったのは、弥生本人だったのだろうか。

あの後、すぐに古河の住むマンションに引き返さなかったことを文乃は後悔していた。

その日、弥生は施設を抜け出して行方がわからなくなっていた。

老夫婦殺害の犯人と思われる日高も捕まっていないことから、誘拐の可能性も考えて施設が警察に通報し、捜索が始まったところで、古河が自宅マンションの前で、半裸状態の弥生に暴行を加えていたところを、一般人と週刊誌の記者に取り押さえられたという知らせが入ったという。

文乃は頭を左右に振る。古河は今もまだ勾留中で取り調べを受けていた。一度、面会に足を運んだが、古河は憔悴《しょうすい》しきっており、文乃が何を言っても、迷惑を掛けられないからもう別れよう、会いに来ないでくれと言うばかりだった。

古河が何かしたとは文乃には信じられなかった。きっとまた弥生のせいだ。

文乃はそう確信していたが、どうにもできなかった。古河はだいぶ弱っていたので、このままだと言い分を聞いてもらえずに不本意な形で自供を取られ、起訴されてしまうかもしれない。

保護された弥生がどうしているのか知りたくて、「緑梓園」にも電話を掛けてみたが、冷たくあしらわれ、何も教えてもらえずに、すぐに切られてしまった。

八方塞がりの気分だった。

取材の中止を申し入れたかったが、荒木とは相変わらず連絡が取れない。

そのまま有耶無耶《うやむや》にしてしまいたい気持ちもあったが、そちらも心配といえば心配だった。

その時、不意にデスクの隅に置いてあったスマホが鳴った。

振動で縁から落ちそうになるのを、慌てて文乃は手に取る。

着信を見ると、相手は思い掛けず、荒木だった。

「大塚さん、絵が完成しました」

電話に出るなり、荒木は妙に興奮したような、高揚した声でそう言った。

「荒木さんですか？　連絡が取れなくて心配していたんですよ」

いつもの物静かな感じとはあまりにも異なっており、違和感を覚えながら文乃は答える。

「ずっと携帯電話の電源を切って、創作に集中していたんです。そんなことより……」

荒木は早口で捲し立ててくる。

「もう僕は、小楷町の絵を描く必要がなくなったかもしれません」

「どういうことです」

文乃の方も、荒木への取材を中止したいと伝えるタイミングを見計らっていた。

「ここに小楷町がある。今、僕の部屋に」

文乃はどう返したらいいかもわからなかった。明らかに様子がおかしい。

「あの……荒木さん、今からそちらにお伺いしてもいいですか」

やはり会って話した方が良さそうだ。

「もちろんです。是非、これを見てください。大塚さんもきっと驚きますよ」

「じゃあ、待ち合わせ場所を……」

「すみません。これ、他の場所に運べません。僕の家に直接、来てもらえますか？　住所はわかりますよね？」

「はあ……」

文乃は曖昧に返事をしたが、荒木からの電話は一方的に切られてしまった。

話からすると、荒木は外からの情報を遮断して絵を描いていたようだから、古河が逮捕されたニュースも知らないだろう。いや、知っていたとしても、それが文乃の婚約者で、弥生が関係しているということはわからない筈だ。

文乃は開いているノートパソコンの画面の端に表示されている時計を見た。

時刻は午後三時。中途半端な時間だ。

念のため、訪問時間を伝えようと、荒木の携帯電話に掛け直したが、何度呼び出しても、もう出なかった。

文乃は立ち上がると、簡単に身仕度を整え始めた。部屋着からジーンズに穿き替え、パーカーを羽織って、玄関でスニーカーに足を通す。

ふと文乃は部屋を振り返る。

何故だかはわからないが、もうこの部屋に戻ってくることはないような、そんな不安な気分に駆られた。

18

荒木の住んでいるアパートは、彼が働いていたパン工場から歩いて十五分ほどのところにあった。

住宅街の真ん中にあり、木造二階建ての、どこにでもあるような何の変哲もないアパートだった。

一階にある集合ポストを確認し、目的の部屋番号のところに「荒木」とあるのを確認すると、文乃は外階段を上って行く。

夕刻の五時前だから、空はまだ明るい。

荒木の部屋は、二階の一番奥まったところにある角部屋のようだった。隣には小さな子供のいる家族が住んでいるのか、外廊下に練習用のペダルのない小さな自転車が立て掛けて置いてある。

荒木の部屋の前に立ち、文乃はブザーを鳴らした。

中から返事はない。

先ほどの電話での様子なら、文乃が訪ねて来たら飛び出してきそうな感じだったが、部屋の中からは物音もしなかった。

何度かブザーを鳴らした後、仕方なく文乃はスマホを取り出すと、荒木の携帯の番号を呼び出す。

　すると、部屋の中から微かに着信音が聞こえてきた。

　だが、荒木が出る様子はない。

　文乃は困ってしまった。携帯電話の着信音に気づかないほど深く眠ってしまっているか、そうでなければ携帯電話を置いてどこかに出掛けてしまったのか。

　そこで不意に、文乃の頭の中に嫌なことが思い浮かんだ。

　まさか、部屋の中で自殺しているのでは。

　荒木が自殺をする直接の理由などは思い付かなかったが、さっきの電話での躁《そう》状態のような異様な様子や、仕事をやめたばかりで、あまり良好とはいえない荒木の生活状況などを思い浮かべると、絶対にないとは言えない。そもそも、偏執的に緻密な小楷町の絵を描いたり、その記憶に翻弄されたりしているのも、健全とは言いにくいのだ。

　そんなことを考え始めると、このまま立ち去るわけにもいかないように思えてくる。

　文乃は荒木の部屋のドアノブを摑むと、試しに捻ってみた。

　鍵は掛かっていない。

　やはり部屋の中にいるのか。

　自分の妙な考えが的中しないようにと祈りながら、文乃はそっとドアを手前に引いて開いた。

　ドアチェーンは掛かっていない。

「荒木さん？」

開いたドアの隙間から、部屋の奥に向かって、そっと声を掛けてみる。

返事がなかったので、さらにドアを開き、文乃は玄関の中に入った。

とりあえず、ガス臭さや練炭の匂いなどはしない。

「荒木さん、いるんですか？　入りますよ」

後ろめたい気持ちはあったが、文乃は部屋の中に上がり込んだ。

手前はキッチンになっていた。冷蔵庫や食器棚、電子レンジなどの生活用品が並んでいる。流しなども含めて綺麗に整理整頓されており、物は少なめで質素な生活をしていることが窺えた。

キッチンの隅にはユニットバスと思われる扉があり、奥の部屋との間にある引き戸は閉められていた。

深呼吸し、文乃は引き戸に手を掛けると、ゆっくりとそれを横に開いた。

そっと奥の部屋を覗き込む。

こちらは、キッチンに比べると少し雑然としていた。

生活に使っている部屋なのか、片側にシングルベッドが寄せてあり、きちんと掛け布団が畳まれてマットレスの上に置かれている。他は小さなテーブルがあり、その上に吸い殻《がら》が二本入った灰皿が置いてあった。傍らには携帯電話。古い型のガラケーだった。先ほど外から文乃が電話を掛けた時、鳴っていたのはこれだろう。

画家の住まいを思わせるようなものはない。イーゼルや画板もなく、きちんと片付けているのか、絵具なども見当たらなかった。

そういえば、荒木は脳神経内科学の研究室で診察を受け始める前は、描き上がった絵は、全て資源ゴミとして捨てていたと言っていた。今も手元には、あまり自分の絵は置いていないのかもしれない。

文乃は部屋に足を踏み入れる。カーテン越しに外からの明かりが入ってきているので、部屋の中はそれなりに明るかった。

どうやら、このアパートは二間あるようで、奥に襖があり、その先も部屋になっているようだった。

「荒木さん」

念のため、もう一度、声を掛けてみたが、やはり返事はなかった。

文乃は襖に手を掛け、それを横に開く。

正面に大きな「蔟神社」の絵があった。拝殿らしきものを正面から捉えた水彩画だ。かなり大きな絵だ。今までに見た荒木の絵では、『小楷分岐』が最も大きかったが、それよりもサイズが大きい。

そちらの部屋は、全ての窓のサッシが閉められており、暗かった。床には隙間なく新聞紙が敷き詰められており、絵具や絵筆などの道具が散乱している。

ふと違和感を覚えたが、その正体が何なのかわからず、文乃は壁のスイッチを探して部屋の明かりを点けた。

やはりこの部屋にも荒木の姿はない。

その時、ふと風が吹いたような気がした。

いや、気のせいではない。文乃の髪が、ふわりとそれで揺れたからだ。

だが、サッシの閉め切られた部屋で、何で風を感じたのか。

そして文乃は違和感の正体を見つけた。

いつものように、まるで写真かと見紛うほど細かく描かれている荒木の絵の中にある境内の木の枝が、風で揺れていた。

文乃は息を呑む。

それは、絵がそこに置いてあるというよりは、別の場所への入口がぽっかりと開いているといった方が近かった。

——ここに小楷町がある。今、僕の部屋に。

先ほど、荒木が電話越しに興奮気味に発していた言葉を文乃は思い出す。

そして、荒木はこんなことも言っていた。

——もう僕は、小楷町の絵を描く必要がなくなったかもしれません。

荒木はこの向こう側にいるのではないか。直感でそう思った。

文乃は部屋の中を見回す。その絵を除けば、どこにでもある、ごく普通のアパートの中の風景だった。それが却って不安を煽り、文乃の心拍数を上げた。

だんだんと気分が悪くなってくる。額の生え際や、腋《わき》の下からじんわりと汗が滲み出してくるのを感じた。以前、荒木の描いた『小楷分岐』の前で失神した時と同じような感覚だったが、あの時よりもずっと体が重く、押し潰されそうな圧力を感じた。

ここにいてはいけない気がしたが、体が動かなかった。

外からは、小さな子供が遊ぶ声や、アパートの前を原付自転車が走り過ぎる音などが聞こえてくる。

ふと、文乃は考えた。

根元長治の長者物語に出てくる「頭姿森」とは、これのことなのではないか。

やがて文乃は、自分でもわからぬまま、ふらふらとその「蔟神社」の絵に吸い寄せられるように近づいて行った。

絵の表面を撫でるようなつもりで、その中にある風景に手を伸ばす。だが、何も指に触れる感触はなく、あっさりと文乃の腕はその向こう側へと突き抜けた。


――あれは誰なんだ。

斬り付けられた左上腕を手で押さえながら、必死になって荒木は隠れる場所を探していた。

この場所には、ツキノネと呼ばれたあの少女しかいない筈なのではなかったか。それは自分の思い込みだったのか。

刃物で斬られた傷は、さほど深くはなかった。切り裂かれたシャツが血で汚れていたが、すでに出血は止まっているようだ。

追い掛けられているうちに、かなり蔟神社の辺りからは離れてしまった。

夢中になって逃げながらも、足は自然と知っている道を選んでいる。

山の斜面に、数戸がへばりつくように建っているだけの、「鬼怒」集落の片隅にあった荒木の生家。

途中、何度か振り向いたが、上手く逃れることができたのか、先ほどの相手が追ってくる様子はなかった。

幅の細い坂道を上り、やがて荒木は、かつて自分が子供の頃に生まれ育った家に辿り着いた。何度もこうやって、自分の頭の中に描いた小楷町は訪れていたが、考えてみると、遠くから眺めたことはあっても、実際に来るのは初めてだった。

二階建ての古い文化住宅で、山の斜面を削って整地されている。庭ばかりが無駄に広く、納屋と二台分の駐車スペースがあった。そこには、荒木が小さかった頃に家にあった、古い型の日産マーチと軽トラックが停まっていた。

庭に足を踏み入れ、荒木は玄関のガラス扉を横に開く。

中に入ると、そんなことをしてもあまり意味はないのはわかっていたが、引き戸のねじ締《し》まり錠《じょう》を閉めた。

とりあえず、斬り付けられた傷を何とかしたかった。

必死に記憶を辿り、居間の隅の箪笥《たんす》の引き出しから、救急箱を取り出す。

消毒薬を取り出し、カット綿に浸《ひた》すと、傷口を何度も拭いた。創傷の長さは、せいぜい数センチといったところで、指で少し開いてみると、皮一枚斬られたという程度で、さして深くはない。

ひと先ず荒木は、その傷口にガーゼを当てて絆創膏《ばんそうこう》で固定し、邪魔にならないように包帯でぐるぐる巻きにして固定した。

今の自分が生身の体なのか、そうでないのかもよくわからなかったが、とにかく手当てせずにはおれなかった。実際に体は痛みを感じているのだから仕方がない。

さらに箪笥を漁ると、父親が着ていたワイシャツが出てきた。サイズも合いそうだと考え、血で汚れて袖口が破れたシャツを脱ぐと、それに着替える。

荒木は居間を出ると、階段を自分の部屋へと上がって行った。

そこで少し休むつもりだった。そうしているうちにまた、気がつけばいつものようにアパートの部屋に戻っているかもしれない。

二階に上がり、かつて自分の勉強部屋だったドアを開く。

六畳ほどの部屋は、記憶していたよりも狭く感じられた。おそらく、大人の視点で見ているからだろう。

壁に押し付けるように古い型の学習机が置いてある。正面には時間割が刷られたプリントが画鋲で留めてあり、椅子の背凭《せもた》れにはランドセルがぶら下げてあった。

もう一方の壁に寄せて置いてあるベッドの縁に荒木は腰掛ける。窓は開かれており、外からの風でカーテンが揺れていた。

立ち上がり、荒木はそちらに歩いて行く。

窓際に立つと、小楷町を一望することができた。

ずっと先に、町を貫く県道が見えた。途中にある交差点は、小楷分岐だ。桑田商店だけでなく、その周辺にはまばらに民家が建っており、荒木が通っていた小学校が見えた。

県道の先には小楷峡谷があった。ここからだと小さくしか見えないが、山と山を繋ぐように虹色橋が架かっている。

この家は、かつて深層崩壊で、建っている地面ごと斜面から滑り落ち、土砂の中に埋まってしまった。両親は死に、荒木だけが奇跡的に救出された。

少しずつ、子供の頃の記憶を取り戻してきているような感触があった。

自分が忘れていたということすら忘れていた、小楷町での出来事。

小楷町には、「月待講」という集まりがあった。

特に怪しいものではない。やっていることは町内会の寄り合いのようなもので、多くの場合は蔟神社に隣接していた社務所を公民館代わりに使っていた。

財務報告や懸案事項などの話し合いが終わると、大抵は大人だけが残って宴会になった。

但《ただ》し、年に一度の「お月待ち」と呼ばれる日だけは特別で、その年の「ウケモチ」が決められ、厳粛《げんしゅく》に執り行われる。蔟神社の裏手にある風穴の扉の錠前が公に開かれるのは、荒木が知っている限りではこの日だけだった。奥には本宮とご神体があるようだったが、神職は呼ばずに氏子たちだけで祝詞《のりと》を上げる。この日は忌み日《いびび》で、特に子供は蔟神社に近づくのは禁じられ、外出も控えるように言われていた。

何やら秘密めいていて、荒木はそのことに強く興味を引かれたのだ。

風穴に忍び込んだりし始めたのも、その奥に何があるのか見たかったからだ。

蔟神社は、普段は殆ど人気《ひとけ》がない。

境内に入るには、七曲がりと呼ばれる、傾斜のきつい、長い階段を上っていかなければならなかったのと、敷地が狭くてボール遊びなどもできないため、子供たちの遊び場にすらなっていなかった。どことなく陰気な雰囲気がするというのも、その理由だった。

風穴の中には、いくつか石の台のようなものがある他は、さして珍しい物はなかった。

奥行きもあまりなく、行き当たったところに小さな祠があった。

ひと坪くらいの大きさしかなかったが、一応、きちんと神社のような形はしていて、正面には、たぶん「お月待ち」の度に交換しているのだろうが、祠の古さに比すと新しい注連縄《しめなわ》が吊るされていた。正面は格子状の扉になっている。

何度かは、友達と一緒に忍び込んだこともあったが、さすがにその祠にちょっかいを出す者はいなかった。興味本位で触れてはいけないものだというのは、子供でも見ればわかる。純粋に、怖いというのもあった。

それに荒木は子供の頃から、夷狄河原に遊びに来た外人さんがその昔、勝手に風穴に入り込んで、中を見たり祠の中のものを持ち去ろうとしたから、小楷村のみんなで懲《こ》らしめてやったという教訓話を聞かされて育っていた。そのため最初のうちは、風穴に忍び込むことがあっても、祠にまで何かしようとは思っていなかった。

そう考えると、やはり荒木は少し好奇心の強い子供だったのだろう。

どうしても、その祠に何が安置されているか見たくて、こっそりと祠の扉を開けてしまった。中は、意外なほどがらんとしていた。床には厚く埃《ほこり》が積もっており、だいぶ長い間、人の出入りはなかったことが見て取れた。

持参してきた懐中電灯で照らすと、床の中央に縦横六十センチほどのハッチ状の上げ蓋があるのが見えた。かなり古い錠前で閂《かんぬき》を固定しており、閉じた蓋に封をするように何か文字の書かれた紙が貼ってある。

子供だった荒木は、ふとその時、両親との会話を思い出した。

荒木の両親は、いずれも小楷町の出身で、父親は林業を営んでおり、母親は専業主婦だった。「お月待ち」の日は、母だけが蔟神社に出掛けて行き、神事に参加する。何をしているのか不思議で、それについて問うたことがあった。

「ねえ、お母さん」

ある日の夕食の時、荒木はそう口を開いた。

「『お月待ち』の日って、何をするの」

「別に。みんなで風穴に入って、お祈りするだけよ」

どうということのないような様子で、荒木の母親はそう答えた。

その口調からは、何かを隠そうとしたり、妙なことが行われているような雰囲気は感じられなかった。

「面倒なのよねえ。何であんなこと続けてるのかしら」

「お付き合いなんだから仕方ないだろ。お袋もよく愚痴《ぐち》ってたぞ」

テーブルに着いて晩酌《ばんしゃく》の杯を傾けていた荒木の父親が言う。

「男の人は『お月待ち』の行事に参加しなくていいからいいじゃない」

「『お月待ち』の神様は、けっこう惚れっぽいらしくて、それで男は参加しちゃいけないってことになったらしいぞ。お前だって、俺に神様と浮気されちゃ困るだろ」

父が口にした冗談を無視し、母が空になった食器などを片付けながら言う。

「でも、この辺りがダムに沈んだら、もう続けられないわよね」

「それなんだが、面倒に思ってるのはうちだけじゃないだろ。みんな自分から言い出すのを嫌がって躊躇っているが、小楷町でのダム建設が決まったら、もう「月待講」も自然消滅でいいと思ってるんじゃないかな」

そうだ……みんな嫌がっていた。

面倒に思っていたのだ。その風穴の奥にあるものを。

子供だった荒木は、まだあまり把握していなかったが、ダム建設の計画は、その頃はかなり具体的になっていた。

小楷町を含む水没地域五町村の住民代表とは「一般損失補償基準」の調印がすでに済まされており、ダム建設側は、住民側の連絡協議会に加入していない……つまり建設に反対している住民たちとの個別交渉に入っていたが、その世帯も僅《わず》かだった。

――どうせこの岩屋も水の底に沈む。

本宮の床にある上げ蓋を暴こうという、大胆な行動に荒木が出られたのも、心の片隅にそんな考えがあったからだろう。

蓋を閉ざしている錠前は、かなり錆び付いていた。これはもしかすると開くかもしれないと思い、荒木は動かないように錠前で固定されている閂を、少し乱暴にがたがたと揺らしてみた。

そして手にしている懐中電灯の尻で何度か錠前を叩いてみると、あっさりと開いた。あまりに長いこと放置されていたせいで、中が腐食していたのかもしれない。

閂を外して扉を上げると、鉄の梯子《はしご》があり、それが下に延びているのが見えた。

懐中電灯で下を照らすと、二、三メートル下に石床が見えた。どうやら真下に、もう一部屋あるらしい。

ごく小さな収納スペースのようなものがあるだけだと思っていた荒木は狼狽えた。どうもこの祠自体も、石室の下にあるこの部屋の入口を隠す目的で建てられていたようだ。

予想外のものが出てきて、荒木は少し怖くなったが、こうなったら何も見ずに引き返すのも悔しい。唾を飲み込み、荒木は下りてみることにした。錆び付いた梯子に足を掛け、慎重に一段一段下りていく。

そして不意に、みしりという音とともに、荒木が足を乗せた梯子の横さんが折れて外れた。

「あっ」

叫び声を上げ、荒木は落下した。同時に梯子自体を支えていた縦軸の丄かんも折れる。荒木は幸いに梯子の中程まで下りてきていたので、尻から落ちたが怪我はなかった。錠前が腐っていたくらいだから、この鉄梯子もかなり腐食していたのだろう。

「誰ですか?」

床に転がった懐中電灯を拾おうとした荒木の耳に、女の子の声が聞こえてきた。

驚いて思わず声を上げそうになり、慌てて荒木は懐中電灯を手にして声のした方を照らす。

部屋の奥に、格子状に組まれた太い木の枠が見えた。

その向こう側は、三メートル四方ほどの小さな部屋になっており、荒木と同い年くらいの少女が、じっと膝を抱えて座っていた。

気がつくと、文乃は蔟神社の拝殿の前に立っていた。

強い風が、一陣だけ、ごうと唸り声を上げて吹き抜けていく。

妙な感覚だった。自分がこんな場所にいていいわけがないのだが、荒木が描いたデッサンは何枚か見ていたので、馴染みがあるというか、初めてという気がしない。

文乃は拝殿を見上げる。神社としては比較的新しい建物で、築年数は数十年程度だろう。正面に賽銭箱《さいせんばこ》が置いてあり、入母屋《いりもや》造の建物の周囲は縁で囲まれている。

ぐるりとその周辺を歩いてみることにしたが、文乃は靴を履いておらず、足下は靴下一枚だった。脱いだスニーカーは荒木の部屋の玄関に置いてきてしまった。

左手に回ると、社務所のようなものがあった。平屋建ての簡単な造りの建物で、入口はサッシになっている。手をかけて横に開いてみると鍵は掛かっていなかった。

靴脱ぎ場があり、框《かまち》を上がると、そこにあったスリッパに足を通した。事務所らしき、机や書類棚が並んでいる部屋と、畳が敷かれた広い部屋があった。社務所の他に、地域の集会所のようなものも兼ねているような雰囲気だった。

畳敷きの部屋は二十畳ほどあり、長手の座机が円卓状に置いてあった。それを囲むようにして、座布団が並べられている。奥には給湯室のようなものもあるが、特に目を引くようなものはない。

靴脱ぎ場に戻ると、文乃はひと先ず何か履き物はないかと、そこにある扉付きの靴箱の中を調べた。作業用だろうか、あまり使われた形跡のない白いゴム長靴が出てきた。どうやら女性用か子供用のようで、足を差し込んでみると、サイズも合う。仕方なく、文乃はそれを借りることにした。靴下だけの状態で外をうろうろ歩いて、余計な怪我はしたくなかった。

表に出ると、文乃は拝殿の裏手へと向かう。

荒木から聞いていた話の通りなら、そこに蚕種紙の保管に使われていた風穴がある筈だった。

歩いて行くと、切り立った岩の壁面を塞ぐようにして造られた、庇付きの門扉《もんぴ》が見えた。しっかりした作りの門は、今は開きっ放しになっており、岩屋の入口が見えた。荒木がここにいるなら、施錠を解いて中に入ったのだろうか？

奥を覗いてみたが、暗くて何も見えなかった。照明のようなものもなく、暗闇に吸い込まれてしまいそうで、何やら不安を誘う。

先ほどの社務所の壁に、非常用の懐中電灯が掛けてあったのを思い出し、文乃は急いで引き返すとそれを取ってきた。

スイッチをオンオフすると、ミラー張りの先端部で、豆電球が頼りない光を発する。今どき見ないタイプの懐中電灯だ。荒木の子供の頃の記憶を元にした小楷町なら、まだＬＥＤライトなどなかった時代だからか。

入口から照らしてみたが、思っていた通り、大した光量ではないので、奥の方まで光は届かない。だが、手元に明かりがあることで、奥に進んでみようという気になった。

文乃は風穴に足を踏み入れる。元々あった通路を削って広げたのか、壁や天井の岩肌には無数の鑿《のみ》の跡があった。それでも出入口になっている通路は存外に狭い。

文乃の背丈は百六十センチほどだが、通路の天井は、頭のすぐ上にあった。高さはせいぜい二メートルほど。幅も二メートルはないだろう。

通路は十数メートルで終わり、少し開けたところに出た。

真っ暗なのでよくわからないが、広さは十メートル四方といったところだろうか。どこからか冷たい風が吹き付けてくる。入口の方からではなく、奥からだ。

肌寒さを感じ、文乃は身震いする。何だか冷蔵庫の中にいるような冷気だ。これなら確かに、蚕の幼虫の孵化を遅らせるための自然の保管庫として役に立つだろう。

奥の方に懐中電灯の明かりを向けると、そこに祠のようなものが建っているのが見えた。これが蔟神社の本宮だろうか。

建坪はせいぜいひと坪程度だが、作りはきちんとしている。正面には注連縄が吊るされており、格子状の扉がついていた。子供一人なら十分に中に入れそうな大きさがある。

近づいてよく見てみようと、文乃がそちらへと足を踏み出した時だった。

「誰だ、お前」

不意に、暗い部屋の隅から声がした。聞いたことのない、若い男の声だ。

悲鳴を上げそうになり、文乃は慌ててそちらに懐中電灯を向ける。岩屋の中に誰かいるとは考えてもみなかった。いや、この場所で、弥生や荒木以外の誰かと遭遇するとは思っていなかった。

旧式の懐中電灯の弱い光に浮かび上がったのは、迷彩服に、何かカメラのヘッドセットのようなものを付けた若い男だった。酷い癖毛《くせげ》で、眼鏡を掛けており、顔中にひどく汗を掻いている。だいぶ薄汚れた感じで、頬もこけて目は落ちくぼんでおり、髭《ひげ》は伸び放題になっていた。

「さっきの男の仲間か」

石の台のようなものに腰掛けていたその男は、虚ろな瞳で文乃を一瞥《いちべつ》すると、ゆっくりと立ち上がった。

その佇まいにも異様なものを感じたが、男が手に握っているものを見て、文乃は息を呑んだ。サバイバルナイフだ。そして懐中電灯に照らされたその刃は赤く血に濡れていた。

「ツキノネちゃんに、そこに誰も近づけるなって言われてるんだ。だから出て行け。そうしないと殺す」

抑揚のない口調で男が言う。

男がいったい誰なのか見当がつかなかったが、文乃は相手を刺激しないように、慎重に返事をした。

「わかりました。出て行きます」

じりじりと、なるべく男から距離を取るようにして、文乃は先ほど通ってきた、風穴の出入口になっている通路へと移動する。鼓動が速まり、息が浅くなっているのが自分でも感じられる。

「あ、ごめん」

じっと視線だけで、文乃のその様子を見ていた男が、不意に口を開いた。

「ツキノネちゃんが、お前はすぐに殺して構わないってさ」

言うなり、男がナイフを構えて文乃に向かって突進してきた。

慌てて文乃も風穴の外めがけて駆け出したが、通路の途中ですぐに捕まってしまった。

男が、逃げる文乃のパーカーのフードを背後から摑み、腕を振り上げる。

だが、通路の狭さが文乃に幸いした。

男が勢いよく振り上げた手が、低い天井に当たった。

興奮していて加減ができなかったのか、男は呻き声を上げ、ナイフを取り落とした。

文乃は声を上げるのも忘れ、必死になって振り向きざまに懐中電灯の後端部を、男の顔の中央めがけて叩き付けた。

強い手応えがあった。眼鏡のブリッジの部分に当たり、それが折れる感触があった。鼻っ柱を強《したた》かに打ち付けたため、男が短く呻き声を上げ、顔を押さえて後退《あとずさ》る。

その隙に文乃は表に飛び出した。

明るい日射しに、一瞬、眩暈を感じ、文乃は目を細める。

ぐずぐずしている暇はなかった。これで稼げた時間など、おそらくほんの十数秒だ。

蔟神社の境内は、山の斜面にあるからか敷地は狭く、拝殿と社務所の他には建物もなくて、すぐに身を隠せるような場所はなかった。

出て行くなら朱の鳥居からしかないが、その先は石段が何度か折り返しながら町の方へと下って行く一本道だ。女の文乃の足では、すぐに追い付かれてしまう。

文乃は咄嗟に辺りを見回す。すぐに目に付いたのは、拝殿の床下だった。隠れ場所としてそこが最適かどうか、判断しているような時間もなかった。

滑り込むように文乃はその中に入り、なるべく奥まったところまで這っていく。蜘蛛《くも》の巣がそこら中に張り巡らされていたが、気持ち悪いと感じる余裕もなかった。

なるべく体を丸めて小さくし、様子を窺っていると、ナイフを手にした先ほどの男が、風穴の入口から出てくるのが見えた。

上半身は見えないが、男の下半身が、苛立つような足取りで拝殿を回り込み、朱の鳥居の方に向かうのが見えた。そのまま行ってしまってくれと思ったが、男は社務所の方へと引き返して行く。

文乃の目の前、ほんの二メートルほどのところを、安全靴のようなブーツを履いた男の足が通過して行く。

「隠れても無駄だぞ！」

男は社務所の入口のサッシを乱暴に横に開くと、その奥に向かって怒鳴った。

朱の鳥居から石段を見下ろして文乃の姿がないのを確認し、社務所に隠れているものと判断したのだろう。

社務所の中に入り込んだ男が、何か怒号を上げながら、乱暴に家捜ししている音が聞こえてくる。

文乃は迷った。今のうちにここから飛び出して、気づかれぬよう朱の鳥居から石段を下りて逃げるべきだと思ったが、恐怖に駆られて体が動かなかった。

床下から出た途端に見つかったら、一巻の終わりだ。

かといって、ここにずっと隠れていても、いずれ確実に見つかる。境内に人の隠れられる場所などいくつもない。

誰か……啓介さん……助けて。

古河の顔を思い浮かべながら、文乃は祈るように念じたが、それで何も解決するわけがなかった。

——そうだ。僕はあの女の子を助けようとしていた。

荒木は子供の頃に、風穴の奥で起こったことを思い出していた。

「誰ですか？」

か細い声でそう聞いてきた女の子は、太い角材で作られた格子の向こう側に、じっと座っていた。色白で線が細く、華奢《きゃしゃ》な感じのする子だった。

「君こそ、何をやっているの」

鉄の梯子を踏み外して落ちてきた荒木は、面喰らってそう答えていた。

まさか、そこに人がいるとは思っていなかったからだ。

「何も」

抑揚のない声で女の子は言う。

「ずっと座ったままです。もう飽きました」

荒木は懐中電灯を拾い上げると、石の床を這うようにして女の子のところに向かって行った。

格子越しに女の子を照らしてみる。黄ばんだ襦袢のようなものを着て、腰紐を締めている。何となく、古ぼけた人形を思わせるような佇まいだった。

「そこから出た方がいいよ。大人に見つかるとまずいよ」

荒木は女の子に声を掛ける。自分と同じように、好奇心でここに忍び込んで来たものだと思ったからだ。だが、妙なことに荒木は気づいた。格子にはどこにも扉のようなものが付いておらず、奥の方も岩肌が見えているばかりで、出入口のようなものが何もない。

「あなたこそ、出て行った方がいいですよ。私は何も言いませんから」

荒木の方には視線も向けずに、女の子は言った。その目は虚ろで、中空を見つめている。

「そこから出られないの？　だったら誰かを呼んで……」

自分の状況も忘れ、荒木は両親か警察か、とにかく誰かを呼ぼうと考えた。

そこで、自分も戻れなくなっていることに気づいた。

腐食して錆び付いていた鉄梯子が、荒木が踏み抜いた時に崩れ、中途から折れてしまっていた。

天井の高さは二メートルと少しといったところだが、荒木はまだ十歳ほどで、身長もさほど高くはない。その狭い部屋の中には踏み台になるようなものはなく、どうにもならなかった。

何度か跳び上がってみたが、開口部になっているところには、あともう少しといったところで手が届かない。仮にぶら下がることができたとしても、這い上がれそうには思えなかった。

自力では出られなくなっていることに気づき、改めて荒木は青ざめた。

大人たちは、荒木が知る限り「お月待ち」の時以外は、この風穴には入ってこない。

風穴を塞いでいる扉の下の隙間をくぐってきたので、表から見る分には、誰かが忍び込んでいることには気がつかないだろう。

それがわかると、徐々に怖くなってきた。このまま誰にも気づかれず、自分は飢え死にしてしまうのではないか。そんな考えが頭をもたげる。

「出られなくなっちゃったんだ？」

格子の向こう側から、女の子が他人事《ひとごと》のようにそう声を掛けてきた。

「うん……」

泣きそうな声で荒木は答える。そして無駄なこととはわかりながら、大声を上げて助けを呼んでみた。

「誰か！　誰かいませんか」

「やめた方がいいですよ」

荒木の声の切れ目に、女の子が口を開く。

「勝手にここに入って、私と会っていたことがわかれば殺されます」

「そんな……」

女の子が何を言っているのか、意味がわからなかった。

荒木はその忠告を聞かず、暫くの間、声を上げて助けを求めてみたが、何の反応もなかった。

やがて諦め、荒木は格子に背を預けて冷たい石の床に座った。電池を温存させたかったので、懐中電灯のスイッチは切った。

暫くその体勢のまま、膝の間に顔を埋めて泣いていたが、やがてうとうととしてきた。

「ねえ、聞いていいですか」

耳に入ってきた声で、荒木は目を覚ます。

格子越しに、気配が感じられた。女の子は、荒木と同じように格子の向こう側で背中合わせに座っているようだった。

「今は何年なんですか」

「西暦で？　それとも年号」

「どちらでもいいです」

「一九九一年だけど」

変なことを聞く子だなと思ったが、荒木は素直に聞かれたことを答えた。

「そうですか……もうそんなに経ったのですか」

溜息とともに女の子は答える。

「私は、何のために生まれてきたんでしょうか」

「君、名前は？　僕は荒木一夫っていうんだけど……」

「名前なんてありません。みんな、勝手に私に名前を付けて呼ぶだけです」

「じゃあ何て呼んだらいいの」

「あなたたちは『ツキノネ』と呼ぶではないですか」

「綺麗な呼び名だね」

「そんなこと言われたのは初めてです」

少し驚いたような口調で女の子が言う。

女の子の口調には抑揚がなかったが、それで少しだけ荒木に心を許したのか、ぽつぽつとではあるが、女の子は口を開き始めた。

「昔、好きな人がいました」

ずっと一人で退屈していたのか、女の子は独り言《ご》つように荒木に向かって語る。

「とても優しかった。でも、それは全部、嘘だったのです」

「どういうこと?」

話したいような素振りだったので、荒木は相づちを打ってそう言った。

「ずっと以前、ほんの十年かそこらの間ですけど、この岩屋の外で暮らしたことがあります。ここから出してくれた衣笠の本家の人たちは、酷い人ばかりでした。連れ出した私が何の御利益ももたらさないと知ると、途端に邪魔者扱いした。キクが嫁いできて、当主だったキクの夫が病気で死ぬと、それを私のせいにして、キクや兼子と一緒に私を本家から追い出したんです」

女の子の話は、荒木にはわからないところがいくつもあったが、ひと先ず口を挟まずに聞くことにした。

「キクはいい人だったし、働き口もなくて、お腹も空いているようだったから、河原に住み始めてからは、占いや祈禱《きとう》で食べていったらどうだと私が提案しました。あの頃はまだ兼子も小さくて、私も本当の妹のように思って可愛がってやったのに……」

暗い中、女の子が歯軋りする音が聞こえる。

「大きくなった兼子が、剛造を連れてきたのです」

「それが、君の好きだった人?」

「そうです」

その人のことを思い出しているのか、女の子は柔らかな口調に戻る。

「剛造は、兼子なんかよりもずっと私の方に興味を持っていた。事業を起こして一旗揚げたいっていうから、私も一所懸命、助けてあげました。でも剛造は兼子と結婚してしまった。人の夫になってしまったのが悲しくて私は泣いたけど、剛造は、兼子なんか本当は好きじゃない、私とずっと一緒にいるために、キクのところに婿入りしたんだと言って、優しく私に接吻してくれたのです」

「せっぷん……て何？」

「チューです」

女の子は、両手の平で自分の頬を挟み、恥ずかしげに身を捩《よじ》っている。

「チューだけじゃないですよ。私は剛造と、いやらしいことだってしていました」

「いやらしいことって？」

どきりとしながら荒木は言う。

「好きになった相手とは、必ずそうするのですよ。そうしたら子供がいっぱい生まれて、仲間が増えるのです」

自分とさほど年端も変わらないようなその女の子が、大人を相手に何か淫《みだ》らな真似をしているのだとは信じられなかった。

「こう見えて、私は頑張り屋さんなのです」

そんな光景を頭に思い浮かべていた荒木を遮るように、女の子が言う。

「だから、あれこれと剛造を助けてあげました。でも、キクが死んだら、あの女が出しゃばってきて……」

「あの女って？」

「兼子です」

女の子の話の半分以上は、荒木には理解できなかった。剛造とかキクとか兼子というのが、どういう人物なのかもよくわからない。先ほどは兼子のことを、小さくて妹のように思っていたと言っていた筈なのに、何だか話が支離滅裂な気もする。

「私は、剛造に兼子を殺すようにお願いしました」

荒木の背中にぞくりとしたものが走った。

「でも、剛造はそうしてはくれなかった。それどころか、兼子ともいやらしいことをしていたんです。私だけだって言ってたのに！」

不意に女の子が叫び声を上げ、岩屋の壁に当たってその声が何重にも反響した。

荒木は驚いて飛び上がりそうになる。

「だから私は、剛造にいろいろ教えてあげるのをやめました。剛造は困っていたけれど、いい気味だった。いずれ剛造が逮捕されるのも、会社が潰れるのもわかっていたけれど、私は黙っていました。剛造はだんだん優しくなくなってきて、私をぶつようになり、罰だと言って私を元の岩屋……ここに戻してしまった。私はとても悲しかったけれど、剛造は兼子にそそのかされているだけなのだろうと思って我慢しました。きっと元の優しかった剛造に戻ってくれると……」

今度は女の子が、すんすんと洟《はな》を啜《すす》って泣いている声が聞こえてくる。

荒木は戸惑う。感情が乱れているのか、女の子からは最初に言葉を交わした時の淡々とした様子は消え去っており、少し怖い感じがした。

「数年経って、何もかも失った剛造が岩屋に姿を現しました。私に詫《わ》びて寄りを戻したいと、兼子を殺して、証拠に生首を持ってきたけれど、私はわざとつれなくしてやった」

「その……剛造っていう人、それからどうしたの？」

「知らない」

とぼけるような口調で、短く女の子は答える。

それで女の子の話は終わりのようだった。

女の子もその後は少し落ち着いて、会話も途切れ途切れになった。山崩れ……深層崩壊のことを聞いたのも、その時だった。

時計などがあったわけではないので、正確な時間はわからないが、上が俄《にわか》に騒がしくなったのは、荒木がこの部屋に入ってから、丸一日は経った頃だろうか。空腹と眠気も頂点に達し、朦《もう》朧《ろう》とし始めた頃だった。

天井の開口部の向こう側から、複数の人たちが交わす声や気配が伝わってきた。思わず荒木は立ち上がる。

「誰かいるんですか！　ここです、助けてください」

荒木が声を出すと、すぐに頭上から懐中電灯の明かりが差し込まれた。

「荒木さんのところの子か？」

男の人の声が聞こえてくる。どうやら自分を探してここに入ってきたらしい。

「はい、そうです。ごめんなさい。それからここにもう一人、女の子が……」

上には複数人の大人たちがいるようだったが、荒木のその言葉に、息を呑み、緊張の走る様子が伝わってきた。

暫く待たされ、やがて誰かが運んできたのか、開口部に脚立が差し込まれた。

「もう大丈夫だよ」

荒木は女の子に向かってそう声を掛けたが、女の子は無言で頭を横に振っただけだった。

脚立を使って部屋から出ようとする荒木の手を、男の人が摑んで引っ張り上げる。

祠の外に出ると、風穴の中には、顔を見たことのある近所の大人たちが何人も集まってきていた。

「ごめんなさい……」

そう言おうとした瞬間、思い切り誰かに横面《よこつら》を張られた。

空腹と疲れで、すっかり弱っていた荒木は、その勢いで石床に思い切り転がった。

「お前、何をやったかわかってるのか！」

「折原さん、落ち着いて！」

興奮する男を、誰かがそう言って止める。

「とにかく社務所に連れて行って事情を聞きましょう。荒木さんは別のところを探している筈だから、誰か探して連れてきて」

「下にもう一人、女の子が……」

立ち上がろうとしながら荒木がそう呟くと、周囲にいる大人たちが凍りついたようになった。

「女の子がいたのか？」

「はい」

大人たちがお互いに顔を見合わせて、ざわざわと何かを囁き合う。

「やっぱり、ここには……」

「いや、そんな非常識なことがあるか。きっと幻か夢でも見たんだろう。とにかく来い。ただじゃ済まんぞ」

折原と呼ばれたその五十年輩の男は、荒木の腕を強く掴むと、引き摺るように風穴の外に連れ出した。弱っていた荒木は、されるがままだった。

社務所の集会所で、両親が到着するまでの間、荒木は腕組みをした怖い顔の大人たちに、監視されるように囲まれて待たされた。

喉が渇いていたが、水をくれと言い出すのも憚られる雰囲気だった。やがて荒木が見つかったと知らせを受けたのか、続々と大人たちが集まってきた。その中にいた顔見知りのおばさんが、やっと湯飲みに冷めたお茶を持ってきてくれたのを、荒木は誰とも目を合わせないようにしながら飲み干した。

「一夫！」

そして三十分ほど経った頃、やっと荒木の両親が社務所に姿を現した。

荒木はずっと泣くのを我慢していたが、母親の姿を見て、決壊したように涙が溢れた。立ち上がろうとした荒木を、母親がしっかりと抱き締める。

だが、父親の方は、来る途中途中で事情を聞いていたのか、緊張したような面持ちで、無言で大人たちの輪の中に腰を下ろした。

「困ったことになった」

全員が集まったのか、社務所のサッシ戸が閉められると、早速、折原が口を開いた。

「みんなもう聞いていると思うが、荒木さんのところの子が、本宮の扉を開いてしまった」

そこにいる殆どの者がすでに承知していたのか、声を上げたりする者はいなかった。

「……女の子がいたそうだ」

重苦しい沈黙が場を占領する。

「いくつか聞くぞ?」

折原は代表者のような立場なのか、そう言って荒木に質問してきた。

「本宮の奥にいたのは、どんな子だった?」

凝視《ぎょうし》する大人たちに怯み、荒木は肩を縮こまらせる。

「一夫、ちゃんと答えなさい」

「僕と……同い年くらいの女の子で、白い着物を着ていました……」

やはり、という感じで、その場にいる者たちの間に溜息が伝播していく。

「他には?」

「木の格子のようなものがあって……牢屋《ろうや》みたいな」

「その向こう側にいたんだな?」

「はい」

おどおどしながらも荒木は答える。

「他には」

「え？」

「何か言ってなかったか？」

そういえば、あの女の子はこんなことを言っていた。

「もうすぐ、この辺りが水に沈むって」

その場にいる大人たちが、顔を見合わせてざわざわと声を交わす。

「やはり、奥に閉じ込められていてもお見通しなんだな……」

誰かが呟いた。

「いや、早合点《はやがてん》かもしれない。荒木さん、この子にダム計画のことを教えたことは」

「いえ……」

「じゃあ、誰かから聞いたに違いない。知ってたんだよな、最初から」

折原が、じっと荒木を睨みつけながら言う。問われている意味がわからず、荒木は首を横に振った。

「まあいい」

折原が咳払いする。

この辺りが水に沈む。確かにあの女の子はそう言っていたが、同時に、山崩れがあって何人か死ぬとも言っていた。だが、荒木はそのことを言いそびれてしまった。

「子供が風穴に忍び込むのはよくあることだ。ここにいる人の中にも、小さい頃に同じような真似をした覚えのある人もいると思う」

折原が言う。

「だが、私が知る限りでは本宮が暴かれたとは聞いたことがない。五十年か六十年か……とにかくそのくらいぶりのことだろう」

心底、困ったという様子で折原が言う。

「できれば、このまま小楷町と一緒に、本宮も湖の底に沈んで欲しいと私は思っていた」

「この子のいた本宮の下を確認してみるか？」

その場にいた年輩の男が言う。

「それで何か見つけてしまったらどうするんだ」

折原が即座にそれを否定した。

「昔は、本宮を暴く者がいたら厳しく制裁を加えていた。夷狄河原に遊びに来ていて、勝手に本宮に入って殺された外国人だっているんだ。そのくらい重大なことなんだ。わかるな」

荒木を見据えて折原が言う。荒木は怖くて頷くこともできなかった。

「いいか、荒木さんの一家だけでなく、ここにいる人たちも聞いてほしい」

改まった様子で、折原が集まっている面々に向かって言う。

「どうせ近いうちに小楷町は水底に沈む。氏子総代に伝えられている話をみんなに伝えておく」

「いや、いいですよ……」

大人たちの一人が、不安そうな声を上げる。直感で、あまり耳に入れない方がいい話だと思ったのだろう。

「こうなっては、私一人で抱えるのは不公平だ。みんなが離れ離れになる前に話して共有しておきたい」

少し強めの口調で折原が言う。そうなると、流石《さすが》に言い返す者はいなかった。

「いいか。本宮にいると伝えられているのは、大昔、夷狄河原に降り立った何かの末裔《まつえい》だ。たくさんいたのを、当時の村人があの岩屋に追い立てて閉じ込めたらしいが、殺さない限り死なないと聞いている。そして殺せば必ず村人に不幸が返ってくると言われている」

集まっている大人たちの間に、緊張が漂うのが感じられた。

はっきりとは知らなくても、生まれた時から小楷町に住んでいる人たちばかりだ。何となく、どこかで耳に挟んだことのある言い伝えなのだろう。

「これは忌《い》み言葉だから本当は口にするのは禁忌にされているんだが……。この状況なのであえて言う。それは『ツキノネ』と呼ばれている」

何人かが、その言葉を聞かないように耳を塞ぐのが見えた。

「ツキノネたちは村の男と交わって子供を産もうとする。惚れっぽいと言われているのはそのためだ。根元姓の者らが小楷地域から離れた夷狄河原辺りに住んで村八分にされていたのも、連中はツキノネの誘惑に勝てなかった者らの子や孫や……血筋の者だからだ」

まだ子供だった荒木は、折原が語っている話の半分も理解できない。

「幕末の頃、居留地に住んでいた外国人が興味本位で本宮を暴き、そこにいたツキノネたちを、何らかの理由で村に囚われている娘たちだと勘違いして救いだそうとしたことがある。失敗して村人に捕まったが、その外国人が持ち込んだ風邪だか何だかのごく弱い病気のせいで、一人を残して全員、死んでしまった。村人は捕えていたその外国人を人身御供《ひとみごくう》にして殺し、何とかツキノネの怒りを鎮《しず》めたと聞いている」

そこまで語り、折原は大きく深呼吸する。

「次に本宮を暴いたのは、あの岩屋を蚕種紙の保存庫にしようとした衣笠の本家だ。もうツキノネの信仰自体も廃れていたから、誰もそんなものが本当に閉じ込められているとは思っていなかった。衣笠の本家はツキノネを家に連れて帰り、長男の子という建前で育て始めた。だが、誰もが気味悪がって世話をしたがらない。だからキクが後妻に呼ばれた。根元の者だからだ」

荒木を抱き締めている母親の腕に、少し力が入る。

「だが、衣笠家も一時は養蚕業を起こして羽振りが良かったが落ちぶれ、根元キクが旗揚げした『根ノ教』も、やはり一時は繁栄したが最後は弾圧を受け、衣笠剛造は逮捕された後、妻の兼子を殺して自らも命を断った。ツキノネは富をもたらすが、同時に必ずその代償も与える。糸を与えると同時に死ぬ蛹《さなぎ》のようなものだ。だから触れないのが一番なのだ」

「でも……」

思わず荒木は口答えしそうになった。

本当にそうなのだろうか。あの本宮の下にいた女の子は寂しそうで、悪い子には見えなかった。

何か不吉な出来事や不幸なことが起こった時に、何もかもその女の子のせいにして押し付けていただけなのではないだろうか。

「いいか、これらは全て、ただの『言い伝え』だ。あの本宮の下の石室を覗きさえしなければ、言い伝えのままで済む」

念を押すように折原が言う。暗に、誰もあの本宮の下の石室に興味を持つなと釘を刺しているようだった。

「とにかくそういうことだ。『月待講』というのは、本宮におかしな真似をする者がいないか、お互いに見張るための集まりだ。長いこと何も起こらなかったから、それを忘れていた」

「で、どうする」

また別の男が、その場にいる全員に囲まれている荒木と、そして荒木に寄り添うように座っている両親を見据えながら言う。

「昔ならいろいろあったが……今はそんな真似をするわけにもいかない」

折原が溜息をつきながら言う。

「荒木さんたちには、早めに小楷町から出て行ってもらおう。移転まではまだ猶予があるが、なるべく早い段階で土地を手放す決心をしてくれ」

「そんな」

荒木の母親が急に大きな声を出した。

「あそこはずっと昔からうちの……」

尚《なお》も何か言おうとする荒木の母親を、父親が制した。

「仕方がない」

「むしろこのタイミングで良かったと思ってくれ。ここにいる人たちも、これから先の数年で、どっちみち小楷町からは出て行くことになるんだ」

説得するように折原が言う。

何か恐ろしい罰でもあるのではないかと思っていた荒木は、内心、ほっとした。

「……あの女の子はどうなるんですか」

だが、荒木はそう問わずにおれなかった。

話は殆ど済んだと、安堵の雰囲気になっていた大人たちの間に、再び緊張が走る。

「どうもしない。あそこに女の子などいないんだ」

言い聞かせるように折原が言う。

「本宮の奥の床下に祀られているご神体は、金のかんざしだと聞いている。君が見たものはそれだな？」

否定したかったが、有無を言わせぬ口調に思わず荒木は頷いてしまった。

「そういうことだ。本宮の奥への扉は、明日、厳重にまた施錠しよう。絶対に中は見ないように。それから、風穴の入口にある隙間も、何かで塞いでしまった方がいい」

「何か悪いことが起きなければいいけど……」

輪の中にいる年輩の女性が不意にそう呟いた。その場にいる全員が、同じ不安を抱いているようだった。

女の子の言っていた山崩れのことが、また荒木の脳裏を過《よ》ぎったが、やはり口には出せなかった。

「いずれここは水没する。『ツキノネ』様自身がそう言ったんだ。間違いなくそうなる」

そして折原は、もう一度、荒木を見てから、その場にいる人たちに言った。

「ちゃんと『ツキノネ』様は富をもたらしてくれたじゃないか。みんな行政から金をもらって出て行く。人が住まないようになれば、もう『月待講』もいらない」

その後、どうやって集会所から家に帰ったのかはよく覚えていない。

数日経つと、だんだんとあの本宮の下にある部屋で出会った女の子は、折原の言うように幻だったのではないかと思うようになってきた。丸一日ほどの間、飲まず食わずで過ごしたために、そんな夢でも見たのではないかと。

それから一週間が経ち、一か月が経った。

夜になると、父と母がよく口論をしているのが聞こえるようになった。

早めに出て行くように促され、仕事を辞めて東京に引っ越そうという父と、子供……つまり荒木が小学校を卒業するまでは残りたいとごねる母。

二階の自分の部屋で横になっていても、荒木の頭には、「山崩れがあるから、なるべく早く出て行った方がいい」と言っていた女の子の忠告ばかりが、何度も繰り返された。

そして記録的な台風が小楷町周辺を直撃したその年の秋、荒木の住む周辺の四世帯を巻き込む深層崩壊の災害が起きたのだ。

つまり、今、荒木がいる、かつて生まれ育った家の勉強部屋は、現実ではない。

いつだったか、あの大塚文乃というライターに話した『頭山』のように、自分の頭の中にある小楷町を歩き回っているだけなのだ。

荒木が生まれ育ったこの家は、深層崩壊の日に土砂の下に埋もれてしまっている。例えば小楷ダムの底に潜ってみたとしても、この建物は残っていないのだ。

荒木は再び蔟神社に戻ることにした。

一度、風穴に入り、そこで男に襲われたが、おそらくあれは、ツキノネと同居していた老夫婦を殺した男だ。

確か行方不明だった筈だが、存在しない小楷町がここにあるように、荒木の頭の中で起ち上がったものだろうか。

いや、そもそもここは、本当に自分の頭の中というか、自分が思い描いた小楷町なのだろうか。

自分がそう思っているだけで、異界のように失われた小楷町だけが、ぽっかりと何処《どこ》かに存在しているのではないか。町の亡霊のように。

そんなふうに考えると、ますますわけがわからなくなってくる。

とにかく、あの本宮の下にある部屋を、もう一度見たいと思った。

何か武器になるようなものがないかと荒木は部屋を見回す。相手はサバイバルナイフを持っていたから、なるべくリーチの長いものがいい。

部屋の隅に、金属バットが立て掛けてあるのが目に入った。子供用のもので、あまり寸法も長くないが、何もないよりはマシだ。

そう思い、荒木はそれを手にして階段を下りた。


「くそっ、どこに隠れている」

苛ついた様子でそう独り言ちながら、ナイフを手にした先ほどの男が社務所から出てきた。

拝殿の床下に隠れている文乃は、小さくしていた体をさらに縮こまらせ、物音を立てないように必死に息を潜めた。

乱暴な足取りで、男は拝殿の階段を踏み鳴らしながら上がって行くと、扉を開いて中に入り、今度はそちらを荒っぽく探し始めた。

頭のすぐ上を、強く足を踏み鳴らしながら男が行ったり来たりしているのが、落ちてくる埃と振動によって伝わってくる。

文乃はもう観念していた。見つかるのは時間の問題だ。床下から引き摺り出されたら、殺される前に、やれるだけの抵抗はしよう。そう思った。

だが、当の男の方は、どうやら建物の床下に文乃が隠れているという発想は浮かばなかったようだった。

「やっぱり石段を下りて行ったのか？」

拝殿から出てきた男は、朱の鳥居のところまで引き返し、上から覗き込んでそう独り言つと境内から出て行った。

男の気配が消えてからも、文乃は暫くの間、出て行くことができなかった。男は気紛れにすぐ戻ってくるかもしれない。

たっぷり五分ほどが経ったろうか。

もう戻って来そうにないと判断し、文乃は拝殿の床下から這い出した。

オフにしていた懐中電灯のスイッチを入れると、再び風穴に足を踏み入れる。怖かったが、どうしてもその奥がどうなっているのかを見ておきたかった。

奥まったところに、先ほどと同じく本宮が鎮座していた。何が祀られているのかを見たくて、文乃は躊躇なく格子状になった扉を開く。

予想に反して、そこには何もなく、床にハッチ状の上げ蓋の扉があるだけだった。

扉は開いており、縦横六十センチほどのその開口部から下を懐中電灯で照らすと、二、三メートル下に石床が見えた。どうやら本宮の下に、もうひとつ狭い部屋があるようだった。

備え付けの梯子のようなものはなかったが、石床にアルミの脚立が立っていた。

よく見ると、錆びた梯子の残骸のようなものが床に転がっている。おそらく元からあった梯子が老朽化《ろうきゆう》して壊れたものだろう。中に出入りできるように、後から誰かが脚立を入れたのだ。

これならば足を伸ばせば、脚立の天板に足が届く。

下りて行くには勇気が必要だったが、急がなければ、先ほどの男がまた戻ってくるかもしれないという焦りが、恐怖を薄れさせた。

開口部に、一度、腰掛けるような体勢になり、続けて両肘で体を支えながら足を伸ばせるだけ伸ばした。上手く足が脚立の天板に乗ったところで、懐中電灯を手に下の部屋に下りた。

そこはひんやりとしていて、風穴の中よりさらに寒かった。

自然にあった空洞を、さらに削って広げたような感じだ。懐中電灯で奥を照らすと、太い角材が岩に穿《うが》たれ、格子状の仕切りがある。

牢屋のような感じだが、出入りの扉のようなものはついていない。代わりに、格子の一部が鋸《のこぎり》か何かで切られていた。印象としては、中にあったものを運び出すために格子を壊したという様子に見えた。

文乃は格子の向こう側の狭いスペースを隅々まで懐中電灯で照らしてみる。

何もない。調度品のようなものもなければ、床に何か敷いてあるわけでもなく、奥へと続く別の通路などがあるわけでもなさそうだった。

文乃は拍子抜けする思いだった。何もないのなら、もうここにいる必要はない。とにかく蔟神社から出て、どこか安全な場所に身を隠さなければと考えた。

だが、どこが安全な場所なのだろう？　そもそも、自分は荒木の住んでいるアパートにいた筈なのだ。

今は考えても仕方ない。そう思い直し、とにかく文乃は脚立を使って本宮の建物の中に戻ろうとした。

先ほどの男が、文乃が出てくるのを待ち伏せているのではないかという不安に駆られ、床板に開いた扉から顔を出すときに慎重に気配を窺ったが、そんな様子はなかった。

何とか床板の開口部から体を這いずり出し、本宮からも出て、文乃は風穴の中に戻った。さっきは暗がりにあの男がいたが、今度は大丈夫そうだ。

そのまま風穴を出て、石段を下りようと朱の鳥居から出た時だった。

石段を上がってくる、先ほどの男と目が合った。

文乃は慌てて逃げようとしたが、男が十数メートル先から一気に石段を駆け上がってきて、あっさりと追い付かれてしまった。

男が文乃の着ている服を摑む。文乃は咄嗟に振り返り、ナイフを振り下ろそうとする男の腕を必死になって払おうとした。

そのまま文乃は足を縺れさせ、絡み合ったまま男と一緒に倒れる。

「くそっ」

男が手からナイフを取り落とす。

そのまま文乃と男は、石段の斜面を、折り返しになっている踊り場の辺りまで転げ落ちた。

尖《とが》った石段の角に、何度も背中や頭を打ち付け、その度に文乃は息が詰まりそうになる。だが、不思議と痛みは感じなかった。身を守るために気持ちが昂《たか》ぶっていたからだろう。

体のあちこちを打ち付けているのは男も同じだったが、相手が刃物を失っても、腕力ではどうしても敵《かな》わない。

男は馬乗りになると、文乃の喉に肘を強く押し付けて窒息させようとしてきた。

喉を潰されそうになり、文乃は必死になって手足をばたつかせる。

「やめろっ！」

徐々に意識が遠のいてきたその時、不意に声が聞こえた。

男の手が一瞬、緩む。

次の瞬間、何かが打ち下ろされる激しい音がした。

男が呻き声を上げて立ち上がろうとする。

その隙に、文乃は咳《せ》き込みながら、這うようにして男から離れた。

「荒木さん」

声を聞いた時に、半ばそうだと気づいていたが、そこに立っていたのは荒木だった。手には金属バットが握られている。

荒木は、さらに男の背中を狙って金属バットを振り下ろした。

咄嗟に男がそれをよけ、肩口に強《したた》かに当たる。倒れた男に向かって、執拗《しつよう》に荒木は金属バットを振り下ろし続けた。その瞳には恐怖が宿っていた。まるで、やらなければ自分がやられるといった様子だった。

「荒木さんっ」

自分を失っているように見える荒木に向かって、文乃は叫ぶように声を張り上げる。

「大塚さん……？」

その声で、やっと荒木が我に返った。

襲われていたのが文乃だとは思っていなかったらしい。

見ると、男はぐったりしており、動かなかった。息をしているようにも見えない。

やっと落ち着いたか、荒木が金属バットを杖《つえ》がわりにして息を切らせる。

文乃も何とか立ち上がった。肘を押し当てられていた喉だけではなく、石段を落ちた時にあちこちぶつけたせいか、体じゅうが痛い。

「何で大塚さんが……」

「電話を受けた後、私、荒木さんのアパートに行ったんです」

それがほんの四、五十分前のことだとは、自分でも信じられない。

「それで、前に荒木さんの絵の前で失神した時みたいに……」

文乃のその言葉に、荒木が頷いた。

「荒木さんが、いつも……頭の中の小楷町を歩くような感じだって言っていたのは……」

「ええ、これです」

疲れたように荒木は答える。

「だが、今回はいろいろな意味でいつもと違う。その男、たぶん折原さん夫妻を殺した男ですよ」

倒れている男の顔を、今一度、文乃は見る。

言われてみれば、新聞などで見た写真と似ていた。ただ、だいぶ痩せており、うらぶれて人相も変わっている。

ネットにあった、日高の「なりすまし」だと言われていた書き込みを思い出し、文乃は背筋に粟《あわ》が立った。ずっとこの場所をうろついていたのだろうか。

「いろいろと思い出しました。嫌なことを」

倒れている日高を置いて、荒木は石段を上り始める。

「僕たちが今いる場所は、きっと『頭姿森』です」

石段の途中で、日高の取り落としたサバイバルナイフが石段の隙間に落ちているのを文乃は見つけた。それを拾い上げ、遠くに放り投げる。

「殺された折原さんは蔟神社の氏子総代でした」

荒木の後について、朱の鳥居のところにまで戻ってきた。

日高が息を吹き返してまた襲い掛かってくるのではないかと文乃は気が気ではなく、何度も石段の下を振り向く。

「山崩れがあることを、ツキノネは予言していました。きっと昔から、そんなふうにこの辺りで託宣をしていたんでしょう」

荒木は文乃の方を振り向く。

「その懐中電灯、点きます？」

そう言われて初めて、文乃はずっと懐中電灯を手の中で握り締め続けていたことに気がついた。

「本宮に入ってみましょう」

「さっき見た時は何もなかったわ」

「いや、大塚さんと僕とでは、たぶん見えているものが違う。僕が覗けば、また違うものが見える筈です」

確信を持った口調で荒木が言う。

「いつだったか、落語の『頭山』の話をしましたよね」

「ええ」

文乃は頷く。

「今、僕は、自分の頭の上にぽっかりと空いた池に飛び込むような気分ですよ」

力なく笑い、荒木は風穴に向かって歩き始めた。

文乃も無言でその後を付いて行く。

「前に僕がこの場所に来た時は、蚕が殆ど僕の記憶の断片を食い荒らしてしまっていました」

そういえば、荒木はそんなことを言っていた。但し、文乃はもっと観念的な意味だと思い込んでいたが。

「折原さんは、きっと自分が小楷町から離れる直前に、ツキノネ……今は違う名前になっているんでしたっけ？　彼女を連れ出したんでしょう」

「どうして？」

「理由はわかりません。深層崩壊で何人か死んだから、祟《たた》りみたいなものがあるとでも思ったのか、或《ある》いは、ツキノネがまだ何か富をもたらすと思っていたのか……」

文乃が手渡した懐中電灯で奥を照らしながら、荒木は狭い通路を本宮へと歩いて行く。

「『ウケモチ』とか、蔟神社の縁起とか、そんなものよりずっと昔から、ツキノネはここにいたのかもしれませんね。僕はそんな気がします」

本宮の扉を開き、荒木は開きっ放しになっている床の上げ蓋から懐中電灯で下を照らした。

「……なるほど。だから『蔟』神社って呼ばれていたのか」

確か、「蔟」とは蚕が繭をつくるための仕切りのある箱のことだ。

荒木に促され、文乃は扉の下を覗き込む。そして思わず口を押さえた。

何か大きな白いものが、床の上で無数に蠢いている。

最初、それは子供くらいの大きさの蚕のように見えたが、懐中電灯の光りでよくよく照らしてみると、白い肌をした、十歳くらいの少女の群れだった。

「弥生って呼ばれた子は、このうちの一人だったのかな」

荒木が発した声に、下の部屋の床で蠢いていた弥生そっくりの少女たちが、一斉にこちらを見上げた。

思わず怖じ気づいて、文乃は床の開口部から後退った。もう一度、その下を覗き込む勇気はなかった。

「ずっと昔に夷狄河原に何かが降り立った。それを知った川下の集落の人たちが、その連中が隠れている場所を見つけ出して皆殺しにした。それがあの新田義興の長者物語の正体かもしれませんね。或いはこの風穴がその隠れ家で、地下に追い立てて入口を塞いだのかも……」

荒木が振り向く。

「そんな……」

「大塚さん、僕はやっぱり、あの深層崩壊の日に死んでいた方が良かったのかもしれません」

「ずっと不思議だったんですよ。何で僕だけ生き残ったのかなって。それからの僕の人生には何もなかった。ずっと空洞のような気持ちでいたんです。僕はたぶん、小楷町がこうなった後の『頭姿森』になるために生きてきたんじゃないかな」

「荒木さん……」

「電話で言った通り、僕はもう、小楷町を描く必要はなくなったんだと思います。折原さんは、ツキノネをここから連れ出しても、どうにもできなかった。恐ろしかったのか、それとも娘のような情が湧いてしまったからかはわかりません。それで二十年余りもの間、持て余して、外から鍵を掛けて家の中で引き籠もりのように住まわせていた。それで結局、さっきの男……日高くんか。彼のような者を引き寄せることになった。ある意味、折原さんの家にあった部屋が、この本宮のような機能を果たしてしまったんでしょうね」

大正時代にあった「根ノ教」の時も、同じような事情だったのではないかと、不意に文乃は思った。

　ツキノネを本宮の下から連れ出したのは、たぶん根元キクが嫁いだ衣笠家の誰かだ。蚕種紙の保管庫として風穴を使おうとした時に、偶然、ツキノネを発見したのだろう。

　連れ帰ったのはいいが、ツキノネは根元長治の長者物語のような富はもたらさなかった。根元姓のキクを嫁に迎えたのも、何か意図があったのかもしれない。だが、キクの元夫が病死したことで、忌《い》まわしいものとして衣笠家はツキノネをキクに押し付けて追い出したのではないか。キクが神懸かりを起こしたのは、衣笠家を追い出されて小楷村の外れの河原に建てた掘っ立て小屋同然の家で、娘たちと赤貧の生活を初めてからだ。

　衣笠剛造に新聞社を買い取るように御真筆を授けたのはキクだが、それもツキノネによるものだろう。

　ラジオすらなかった当時は、新聞こそが最先端のメディアだった。今ならさしずめインターネットだ。個人で配信できる動画サイトは、その当時の「根ノ教」が選んだ方法よりも、ずっと簡単に、そして安上がりに世の中へと影響を与えることのできるシステムだった。「根ノ教」の布教の時も、今回の動画配信での登録者獲得の時も、ツキノネこと弥生にどんな意図があったのかはわからない。

　ただ単に、退屈していただけなのかもしれない。長い長い一人きりの世界で。

「文乃さん、僕はあなたに会えて良かったと思っています」

　荒木が振り向き、真剣な面持ちで文乃の方を見つめながら言う。

「友達になってくれてありがとう。嬉しかったです」

何とも答えようがなく、文乃は微かに頷くに止めた。

ふと見ると、荒木の足下にある床下への開口部から、水が溢れ出し始めていた。

「僕の『頭姿森』は、もう崩れかかっています」

荒木は頭を左右に振る。

「でも、僕はただの入口です。きっと、どこかでまた、違う形で『頭姿森』が開くのでしょう」

開口部から溢れ出した水は、今や勢いを増し、水柱のようになって本宮の天井に当たって砕け、洪水のように勢いを増していた。

その勢いに押されるように、文乃は後退る。

瞬く間に風穴の中いっぱいに水が広がり、水嵩《みずかさ》が増して文乃の腰の辺りまでが水に浸かった。

「荒木さんっ」

通路から外に向かって流れ出す水の勢いに抗えず、文乃は倒れそうになる。

このままだとすぐに水は岩屋になっている風穴の天井まで達しそうな勢いだったが、荒木はその場から動こうとしなかった。

足を滑らせ、文乃は水流で通路の外へと押し出されて行く。

荒木の名を呼ぼうとしても、もう口を開くと中に水が流れ込んできてしまい、駄目だった。そのまま吐き出されるように文乃は風穴の外に押し出された。

蔟神社の周辺は、完全に透明な水の底に沈んでいた。

水流に翻弄されて体ごと回転し、文乃は肺の中に残っている空気を残らず吐いた。

上下もわからなくなっていたが、吐いた息が気泡となって上って行くのが見えた。

――ああ、ここは小楷ダムの湖の底だ。

遠のく意識の中で、文乃はそう思った。

小さな魚の群れが、顔の前を横切って行く。漂いながら下に顔を向けると、ずっと下方に蔟神社の朱の鳥居と拝殿が、屈折して揺らめくように見えた。

畳の上に大量に水を吐き出し、文乃が目を覚ましたのは、元いた荒木のアパートの部屋だった。

「起きた?」

声がして、文乃はそちらを見上げた。

ジャンパーのポケットに手を突っ込んで、弥生が文乃を見下ろしている。

「弥生ちゃん……」

「帰って来なければよかったのに」

チッと短く舌打ちをし、弥生は言う。

「古河のお兄さんは返してあげます。ちょっとだけ楽しかったけど、やっぱりここは私には合わないです」

咳き込みながら、文乃は起き上がろうとした。

込み上げてくるものがあり、文乃はまた水を吐いた。吐いても吐いても胃の底から湧き出してくるかのような量だった。

「じゃあね」

弥生はそう言うと、さっさと小走りに、立て掛けてある荒木の描いた絵の向こうに走って行った。いつだったか、初めて弥生を荒木の絵の中に見た時と同じ様相だった。

「待って」

それを追おうとして文乃は手を伸ばす。だがその手は大きなイラストボードの表面に当たって止まり、弥生が走って行った先には届かなかった。

それからずいぶんと長いこと、文乃はその部屋で呆然としていた。

先ほどまで自分の身の回りで起こっていたことが嘘のようだった。

アパートの外からは、どこかで子供たちが遊んでいる声が聞こえてくる。

やがて文乃はのろのろと立ち上がると、玄関に置いてあったスニーカーを履き、アパートを後にした。


弥生が姿を消し、そのまま行方不明になっていたというのを文乃が知ったのは、それから二週間ほど後、古河が起訴猶予の処分を受け、警察から釈放されてからだった。

古河は「緑梓園」を退職し、東京から離れた実家へと帰って行った。そのまま文乃とは疎遠になり、婚約は自然に解消となった。

弥生と同じく、荒木の行方も長いことわからなかった。

荒木が水死体となって小楷ダムから引き揚げられたのは、それから三か月ほど経った頃のことだった。遺書のようなものは持っていなかったが、警察はそれを入水《じゅすい》による自殺と判断した。

19

小楷ダムの周遊道路に隣接する「道の駅」は、思っていたよりも混雑していた。

停める場所を探して駐車場をゆっくりと一周すると、ちょうど上手い具合に出て行く車を一台見つけた。

ハザードランプを点け、徳田騎士は、運転してきたRVカーをそこに駐車した。

助手席に置いてあるデジタル一眼レフとバッグを手にすると車を降り、湖に隣接する展望台の方に向かう。

案の定、ウッドデッキになっている展望台には、手摺りに沿って何台もの三脚が立ち、人でごった返していた。

騎士はそちらへと歩いて行く。

手摺りのところまで来ると、その向こう側に、減水した小楷ダムの湖が見えた。

連日の猛暑と雨量の不足で、小楷ダムは実に十数年ぶりに貯水率二十パーセントを切る減水となっていた。

そのせいで、湖底に眠っていた小楷町という町が現れた。

小楷ダム周辺が観光客で溢れているのは、その幻想的な情景を見たくて足を運ぶ者たちが後を絶たないからだった。

騎士も手摺りから体を乗り出し、カメラを構えてファインダーを覗いた。

湖水は広い範囲に亘《わた》って干上がっており、底の方に、水深ほんの二、三メートルだけ残っている状態だった。水は比較的透明で、かつて町のメインストリートだったと思われる舗装路や道路標識などが現れている。

展望台から見下ろすと、まるで町の光景はミニチュアセットのように見えた。

遠くの谷間には、小さな吊り橋が見えた。その上には一般道と高速道路が併設された大きな橋があり、上下に二つ橋が並んでいるのは、何やら奇妙な光景だった。

騎士はそれらの風景を画像に収めるため、何度かシャッターを切る。

趣味でカメラを始めたのは、ほんの一年ほど前からだった。飽きっぽい性格なのでいつまで続くかわからないが、わざわざこの辺りまで足を運ぼうと思ったのは、ニュースでこの小楷ダムの減水の様子を見て、十五年ほど前の子供の頃、近くにあるキャンプ場を訪れた時のことを思い出したからだ。

それは騎士にとっては、どちらかというと、忘れたい嫌な思い出だった。

にも拘わらず、足を運んでみようという気になったことが、自分でも不思議だった。

騎士は二十六歳になっていた。

キャンプの最中に、施設の職員を刺す事件を起こした後、騎士は家庭裁判所で審判を受け、児童自立支援施設への送致となった。

それ以来、騎士が「緑梓園」に戻ることはなく、高校を卒業するまで、結局、家庭復帰も叶わなかった。

高校を卒業してからは、何度か職を変えたが、ここ数年は配送会社で真面目に運転手として働いている。上司や同僚にも恵まれ、なかなか彼女ができないという点を除けば、取りあえず騎士は満足いく暮らしを送っていた。

ある程度写真を撮り、「道の駅」内にあるレストランで軽く食事を摂ると、騎士は再び車に乗り、子供の頃にキャンプをした、「夷狄河原オートキャンプ場」に向かうことにした。

カーナビの設定をしている最中、ふと目の端に、助手席に置いてある本が目に入った。

大塚文乃という人が書いた、『ツキノネ――記憶の画家・荒木一夫について』という本だ。

小楷町をテーマに絵を描いていた、荒木一夫という画家に関して書かれた本だ。

十年以上前に発行された本で、今は古本でしか手に入らない。

小楷ダムに足を運ぼうと決めて、その周辺について書かれたガイドブックなどを探している時に、ネットでたまたま見つけた本だ。「ツキノネ」は、かつて騎士が片思い……いや、あれは初恋だったのだろう。そんな思いを寄せていた女の子が名乗っていたものだった。

タイトルに惹かれて手に入れ、読んでみたが、その内容は支離滅裂だった。

一応、入水自殺した荒木一夫という画家のルポルタージュの形を取ってはいる。

作中では、荒木以外の人物は名前を伏せているか仮称が使われているが、「ツキノネ」こと弥生が児童養護施設で暮らしていたこと、その施設の職員がキャンプ場で刺される事件が起こったことなどについても言及している。綿密な取材によって書かれたものなのはわかるが、多くのページを、小楷町で過去にあった宗教弾圧事件や、蔟神社の縁起などについての推理や考察、「ツキノネ」と呼ばれた少女のことに割いており、文章にある種の熱は感じられたが、これでは荒木一夫という画家について知りたくて本を手に取った人は、思っていた内容とかけ離れ過ぎていて戸惑うに違いない。

そのため、あまり売れなかったらしい。ネットで検索などもしてみたが、この大塚という著者は、他には本を出していないようで、何の情報も出てこなかった。きっと一冊だけ出して、筆を折ってしまったのだろう。

あのキャンプの日以来、弥生とは会っていない。

騎士は「緑梓園」に連絡を取るのを禁じられていたから、弥生があの事件からすぐ後、小学校の下校途中に行方不明になり、それっきりだということを知ったのはつい最近だった。老夫婦が殺害された家から弥生が発見された際、「現代のカスパー・ハウザー」と言われたらしいが、そのカスパー同様、謎は謎のまま残して弥生は消えてしまった。

一方の古河も、事件の後、施設を退職してしまったようだった。今はどこで何をしているのかもわからない。大人になった今の騎士は、古河が弥生に性的な虐待をしていたというのは自分の誤解だったのではないかと思っているが、今となっては本当のことを知る術《すべ》はないし、自分がやってしまったことの取り消しは利かない。

「あれ？」

周遊道路を走っている最中、減水したダムの中腹に、朱い鳥居が建っているのが目に入り、騎士は車の速度を緩めた。

やがて道沿いに、車数台分が停められるスペースを見つけた。周遊道路沿いにいくつかある、写真撮影用の景勝スポットだろう。

そちらに寄せて車を停め、再び騎士はカメラを手に車から降りた。

そこは小楷ダムでも、夷狄河原に近い、だいぶ上流寄りの場所だった。

運転中に目の端に飛び込んできたものはやはり朱の鳥居で、斜面の中腹には拝殿と社務所のような建物も見えた。かなり高い場所にあり、手摺り付きの石段が、斜面を何度か折り返すようにしてその朱の鳥居の辺りまで続いている。

面白い光景だと思った。こんなものまで水の中に沈んでいたのか。

騎士は、奮発して先月の給料で買った望遠レンズを構え、朱の鳥居の辺りを見た。

そこに、女の子が立っているのが見えた。

思わず騎士はファインダーから目を離し、肉眼でそちらを見た。だが、そんな女の子は見あたらなかった。遠いからというわけではない。

訝しく思いながら再びファインダーを覗くと、やはりそこに女の子がいる。今度は顔をこちらに向けていた。

その姿には、朧気《おぼろげ》に見覚えがあった。

弥生だ。

忘れかけていた光景が甦る。

施設の園庭で、黙々と縄跳びをしていた彼女の姿。

食堂でプリンを床に放り出した時の弥生。

バザーで一所懸命に焼きそばを作っていた光景。

一緒にキャンプ場のコテージを抜け出した日の夜。

何度かシャッターを切ってから、ふと、騎士は我に返る。

写真など撮っている場合ではない。常識的に考えて、あんな場所に小さな女の子が立っているのは危険だ。

いたずら心で周遊道路のガードレールを越え、普段は水の中に沈んでいる斜面を下りて行って戻れなくなったとか、そんな状態なのかもしれない。弥生に似ているのは、ただの偶然か、自分の思い込みだろう。

——おい、大丈夫か。今、誰か助けを呼ぶから……。

そう言おうとしてファインダーから目を離すと、そこに女の子はいなかった。

もう一度ファインダーを覗いてみても、もうレンズ越しにもその姿は見られなかった。

何やら急に背筋に冷たいものが走り、騎士は急ぎ足で車に戻った。

落ち着くために深呼吸をする。

ふと、先ほど何度かシャッターを押した時の画像に、あの女の子が写っていないかと思い、騎士はデジタル一眼レフの液晶画面に、保存した画像を呼び出した。

そこには、殆どレンズの真ん前に立っているのかと思うような至近距離で、女の子が……弥生が写っていた。

「今度は、騎士が『頭姿森』になったのですね」

そして、静止画の中の弥生が口を開き、騎士に向かってそう呟いた。

○主な参考文献

『火星の人類学者』オリヴァー・サックス　吉田利子訳　ハヤカワ文庫
『不老不死のサイエンス』三井洋司　新潮新書
『生き神の思想史 日本の近代化と民衆宗教』小沢浩　岩波書店
『カスパー・ハウザー』A・V・フォイエルバッハ　西村克彦訳　福武書店
『大本襲撃』早瀬圭一　新潮文庫
『ふるさと宮ヶ瀬』ふるさと宮ヶ瀬を語り継ぐ会　夢工房
『宮ヶ瀬ダム　湖底に沈んだ望郷の記録』かなしん出版
『無戸籍の日本人』井戸まさえ　集英社文庫
『改訂版　子どもの養護　社会的養護の基本と内容』松本峰雄　和田上貴昭　阿部孝志　建帛社
『児童養護施設の子どもたち』大久保真紀　高文研
『日本書紀（上・下）全現代語訳』宇治谷孟訳　講談社学術文庫

本書は書下ろし作品です。なおこの作品はフィクションであり、登場する人物および団体は実在するものといっさい関係ありません。

あなたにお願い

この本をお読みになって、どんな感想をお持ちでしょうか。次ページの「100字書評」を編集部までいただけたらありがたく存じます。個人名を識別できない形で処理したうえで、今後の企画の参考にさせていただくほか、作者に提供することがあります。

あなたの「100字書評」は新聞・雑誌などを通じて紹介させていただくことがあります。採用の場合は、特製図書カードを差し上げます。

次ページの原稿用紙（コピーしたものでもかまいません）に書評をお書きのうえ、このページを切り取り、左記へお送りください。祥伝社ホームページからも、書き込めます。

〒一〇一―八七〇一　東京都千代田区神田神保町三―三
祥伝社　文芸出版部　文芸編集　編集長　金野裕子
電話〇三（三二六五）二〇八〇　https://www.shodensha.co.jp/bookreview/

◎本書の購買動機（新聞、雑誌名を記入するか、○をつけてください）

＿＿＿新聞・誌の広告を見て	＿＿＿新聞・誌の書評を見て	好きな作家だから	カバーに惹かれて	タイトルに惹かれて	知人のすすめで

◎最近、印象に残った作品や作家をお書きください

◎その他この本についてご意見がありましたらお書きください

100字書評

ツキノネ

住所		なまえ		年齢		職業	

乾緑郎（いぬいろくろう）
1971年東京都生まれ。鍼灸師の傍ら、小劇場を中心に舞台俳優、演出家、劇作家として活動。その後、2010年8月、『忍び外伝』で第二回朝日時代小説大賞を受賞、同年10月『完全なる首長竜の日』で第9回「このミステリーがすごい！」大賞を受賞し小説家デビュー。他の著書に「鷹野鍼灸院の事件簿」シリーズ、『ライプツィヒの犬』『見返り検校』『悪党町奴夢散際』などがある。

ツキノネ

令和元年 7 月 20 日　　初版第 1 刷発行

著者———乾緑郎《いぬいろくろう》

発行者——辻 浩明

発行所——祥伝社《しょうでんしゃ》
〒101-8701　東京都千代田区神田神保町 3-3
電話　03-3265-2081（販売）　03-3265-2080（編集）
03-3265-3622（業務）

印刷———萩原印刷

製本———ナショナル製本

ISBN978-4-396-63569-5 C0093
祥伝社のホームページ・http://www.shodensha.co.jp/

祥伝社

四六判文芸書

私の戦場は、官邸――女だからってなめるな。

東京クライシス

内閣府企画官・文月祐美

安生 正

荒川決壊、竜巻による大規模停電、二転三転する政府の方針。
「首都崩壊」が迫る中、一人の女性官僚が立ち上がる。
国家の中枢で孤高の闘いを続ける凛たるニューヒロイン誕生!

祥伝社

四六判文芸書

かつて許されぬ愛に溺れた二人。
「女」は今も愛を求め「男」は破滅を恐れた――。

ライプツィヒの犬

乾 緑郎

シェイクスピアの翻案で名を成した世界的劇作家が、
三十年ぶりの新作『R／J』とともに姿を消した。
戯曲に隠されたものは、愛ゆえの絶叫か、憎しみの慟哭か？